La robe bleue

Éditions Verdier
11220 Lagrasse

Du même auteur

aux éditions Verdier
L'Habituée, roman, 1996
La Demande, histoire, 1998

Sombres dans la ville où elles se taisent
poèmes, 1986, Arcane 17

•

Le Commandement, roman, Gallimard, 2000
Le Lit de la mer, proses, Gallimard, 2001

Michèle Desbordes

La robe bleue

roman

Verdier

ISBN : 2-86432-406-7

À Jean-Yves Masson

Il est temps que l'Époux la tue, et dévoilant les feux dont il brûle, la condamne d'un inexorable baiser.

PAUL CLAUDEL

Comme j'étais forte et joyeuse à ce moment! Comme je riais bien! Comme je me tenais bien! Et comme j'étais jolie aussi! Et puis la vie est venue... Et maintenant vous voyez comme me voilà réduite et obéissante.

PAUL CLAUDEL

I

La nuit elle entendait les chevaux

C'était quand elle l'attendait, sans doute était-ce les jours où elle l'attendait, quand, ayant reçu la lettre qui annonçait sa venue et prenant l'une des chaises du corridor, elle allait s'installer dehors pour l'attendre, tirant la chaise sur l'herbe au bas du perron elle s'asseyait à l'ombre des chênes, et un peu de soleil passait entre les branches, jouant sur les graviers et le buis des massifs, les fleurs au pied de l'arbre. Il la trouvait là quand il arrivait, assise sur cette chaise devant le pavillon, immobile et les mains croisées dans le pli des jupes, ces robes grises ou brunes toujours les mêmes, avec ce chapeau qu'on lui voyait sur les photos, de la même indéfinissable couleur et que dans les premières années, leur mère, assurant qu'elle en aurait besoin, lui faisait parvenir, elle était là immobile et silencieuse, et guettant l'instant qu'il paraîtrait dans le haut du sentier, le petit chemin escarpé par où il monterait depuis la place plantée d'arbres où l'on garait les voitures, guettant ce moment tandis que déjà elle pensait à ce qu'elle lui dirait, à tout le temps qu'elle ne l'avait pas vu, des mois, des saisons entières, l'été ou le printemps d'avant, et bien davantage encore quand des années passaient sans qu'il fît le voyage. Et alors sortant de sa poche un carnet elle le feuilletait et cherchait les pages et les listes, énumérées les unes au-dessous des autres les dates et les saisons qu'elle avait pris l'habitude de noter, année après année ayant marqué là ce qu'il y avait à marquer de jours, d'événements ou de lettres qu'elle recevait ; même là-bas à Montdevergues où il se passait si peu de choses elle gardait cette habitude, demandant encore de quoi écrire, du papier pour les lettres et un carnet dans lequel parfois on la voyait prendre des notes, elle avait, disait-elle, besoin de carnets, et de marquer ce qu'il y avait à marquer du temps qui passait.

Elle marquait le temps qui passait, elle comptait disait-elle encore les années, les saisons et tous ces jours où elle attendait, ne faisait qu'attendre ; on la voyait sortir de ses poches ou du petit réticule qu'elle portait au poignet le carnet qu'elle se mettait à feuilleter, toute droite dans ses robes et ses manteaux gris ou bruns toujours les mêmes, dans l'ouverture desquels apparaissait un pan de jupe d'une couleur tout aussi imprécise, ou encore cette sorte de robe, cette chasuble d'étoffe rêche et pâle dont une fois il parlait, et que leur mère à la fin de la guerre envoyait là-bas en même temps que le chapeau de paille, écrivant qu'elle conviendrait à son teint de brune et ferait bien quelques étés, la sorte de robe, de housse informe et sans couleur dans laquelle, à présent qu'elle avait maigri, elle semblait disparaître, et qu'entourée de servantes à qui elle demandait une ceinture, une écharpe pour tenir l'étoffe trop large, elle essayait le matin même devant les glaces du vestibule.

Ainsi la trouvait-il quand il arrivait, à l'ombre des chênes où elle s'installait pour le voir franchir les grilles et pénétrer dans la cour, la petite place aux platanes où il prenait l'allée du haut, le chemin de terre et de pierres qui bientôt s'étrécissait jusqu'à devenir l'étroit raidillon sous les arbres, les cèdres et les tamaris dont on sentait les parfums sur toute la colline, et s'il faisait beau ils partaient sur les allées et marchaient dans le parc, parfois même sur les sentiers qu'il y avait après les pavillons, ils marchaient ensemble comme autrefois, foulant les broussailles et les petites garrigues, les odeurs très chaudes, et s'arrêtant pour reprendre souffle ils contemplaient les Alpes et le Lubéron, de là-haut la vue était incomparable disaient-ils, ils s'asseyaient à l'ombre des chênes, ils respiraient le thym, le romarin, et plus bas quand ils redescendaient l'odeur sèche des iris.

Il l'emmenait plus haut sur la colline, lui parlant du voyage qu'il venait de faire, la route et le temps qu'elle avait duré depuis son château de Brangues ou de Marseille où le bateau de Chine était arrivé, ils marchaient l'un près de l'autre parlant de voyages, de trains et de bateaux, ils marchaient là tout le temps qu'elle n'était pas fatiguée et ne souffrait pas de ces douleurs aux jambes dont elle se plaignait à présent, puis ils revenaient doucement, le temps était beau, ils respiraient l'odeur des collines et le soir qui tombait, et quand le vent se levait, ils parlaient du vent et se souvenaient de Villeneuve. Ils revenaient parlant de Villeneuve et de tous les souvenirs qu'ils avaient, le vent et les pluies violentes, et disait-il le village rassemblé, serré sur lui-même comme une bête dans le danger, les chemins où elle l'emmenait chercher la glaise, où de plus en plus loin derrière elle il peinait à la suivre, si bien que se retournant elle l'appelait et s'asseyait pour l'attendre sur le bord d'un talus, et quand la pluie arrivait, une de ces pluies rudes et serrées qu'ils avaient là-bas, et si persistantes qu'on pouvait penser qu'elles ne s'arrêteraient plus, ils s'abritaient sous un arbre, ils disaient qu'ils aimaient le vent et les pluies qui ne finissaient pas, qui s'acharnaient sur le village et les champs du plateau, les bois tout autour ; eux deux repliés dans le vent quand le soir ils revenaient de la plâtrière et du bois de Coincy où ils allaient voir les pierres, le vent que rien là-bas n'arrêtait, ils parlaient du vent et des plaines de là-bas, du ciel immense comme les ciels sur la mer, et quand ils rentraient ils n'allaient pas faire les devoirs sous la lampe des cuisines, mais au grenier pétrir la glaise qu'il y avait dans leurs poches, tandis qu'en bas on les appelait pour souper, on leur demandait ce qu'ils pouvaient bien encore faire là-haut à l'heure qu'il était ; et bientôt la maison n'était que cris, dans cette maison, dans cette famille dira-t-il plus tard, c'était crier qu'il fallait, autrement personne ne vous entendait, aussi criaient-ils les uns après les autres, se disant leur haine et leur colère et tous les reproches qu'ils avaient à se faire, se les disant jusqu'à ce que d'un coup le silence se fît autour d'eux, et on n'entendait plus que les oiseaux et les chevaux qui passaient, une dernière bourrasque sur le toit, ou depuis la cuisine le bruit d'une casserole ou d'une poêle qu'on posait d'un geste brusque sur le bord du fourneau.

Plus tard mêlant les grandes plaines et les grands plateaux, la désolation des hivers où soufflaient des vents que rien n'arrêtait, avec ce que depuis toujours ils étaient, comme si appartenant par leur chair même à ce pays ils n'avaient jamais pu qu'en épouser les violences, les rudesses et les vastes colères, il parlait d'eux là-bas dans leur maison de Villeneuve, et d'elle qui de tous était la plus emportée, avec dans les yeux, à même la peau, se souvenait-il, ces sortes d'éclairs, d'invisibles feux, et le corps tout entier qui se tendait, se jetait sur de tout aussi invisibles ennemis, cependant que parlant haut et fort elle disait comment les choses devaient être, et que peu à peu les cheveux se dénouaient, s'échappant des peignes et coulant sur les épaules, sur le dos où ils se répandaient, lourds et brillants avec dans la masse épaisse ces reflets de cuivre sombre, cette couleur dont il parlait, très rare, disait-il. Tandis que s'apaisant elle allait et venait autour de lui son paquet de glaise à la main, et lui demandait de rester là où il était et de prendre la pose, alors le jour tombait ou la pluie battait les vitres avec cette constance, cette obstination qui faisait croire qu'elle ne s'arrêterait pas, ils restaient là à parler de tout et de rien, déjà il l'entretenait de mers lointaines, de villes et de pays étrangers où il voulait se rendre, de tous les trains et les bateaux qui partaient là-bas où il disait qu'il vivrait ; elle écoutait sans rien dire, elle écoutait longtemps et soudain riait de ce rire qu'elle avait, haut et dur, comme la voix fébrile et mordante qui demandait si c'était ça qu'il voulait, partir et demeurer au bout du monde sans plus jamais se soucier d'eux.

Oui sans doute était-ce quand elle attendait. Je la vois, moi, assise sur cette chaise comme toutes celles qui attendent et ne savent rien d'autre, et ce devait être encore qu'il arrivât. Qu'encore une fois elle le vît monter le sentier, le petit raidillon qui prenait au tournant de l'allée et débouchait non loin de là, entre les deux étroits cyprès où bientôt il apparaissait.

Je me la figure assise à attendre et passer le temps, immobile sur l'une des chaises du pavillon qu'elle aurait tirée dehors, là-haut où elle le verrait gravir le sentier, et paraître aux dernières marches entre les deux cyprès, attendant, guettant entre les branches et la pâleur des toits la silhouette de plus en plus lourde et massive, lui Paul qui s'essoufflait à présent, et montait avec une lenteur d'homme qui vieillit l'allée et le sentier du haut du parc, elle s'installait là, ou parfois, impatiente, tout en bas sur le banc devant la chapelle d'où l'on voyait les voitures franchir la grille, les visiteurs et les carrioles qui livraient la viande, le lait ou le charbon, quand ce n'était pas quelque autre fourgonnette marquée d'une grande croix rouge dans laquelle on amenait un nouveau pensionnaire, et alors tirait-elle de sa poche ou du petit réticule de velours la lettre qui annonçait le jour et l'heure de sa venue, et commençait-elle à la relire, la prenant par le commencement ou le milieu, l'air de chercher un mot, une phrase gardée en mémoire et qu'elle aurait voulu retrouver, on voyait les lèvres bouger doucement, murmurer les mots les uns après les autres, jusqu'à ce que dans un soupir toujours le même elle achevât sa lecture et regardât une nouvelle fois la petite place, la grille par où les voitures arrivaient, et qu'alors, se disant qu'il avait été retardé, que peut-être même il n'avait pu venir, dans un même geste rassemblant jupes et manteau elle se levât et regagnât les hauteurs, le petit sentier qui prenant sur la droite de l'allée conduisait, de toute son étroitesse et des quelques marches fabriquées là avec des rondins fichés dans la terre, à la place du haut où était le pavillon, dont toujours au même moment, au tournant du sentier, elle voyait poindre entre les branches le bleu des volets, et le petit perron où elle restait encore un moment.

Cette chaise où plus tard elle s'installait même quand il ne venait pas, elle aurait pris cette habitude, emportant la chaise et la tirant dehors sur le perron et même plus bas sur l'herbe où elle restait à regarder les gens passer, avec sur le visage cette pâleur de cire ou de vieil ivoire, cet éclat terne des peaux qui vieillissent et semblent gonflées, gorgées d'on ne sait quelle dernière et invisible sève, comme un parchemin fatigué tendu sur l'os et le muscle, ou encore des mains de vieille si longtemps plongées dans l'eau des lessives qu'on les en croirait imprégnées, suivant des yeux les femmes qui passaient sur l'allée avec leurs piles de draps et de serviettes et parfois une corbeille, un plateau qu'elles portaient, ou d'autres, des pensionnaires qui allaient et venaient devant les portes ou s'asseyaient sur une marche ou encore au pied d'un arbre.

Quand il arrivait il la voyait assise là sans bouger ni rien dire, immobile de cette immobilité qui faisait penser au calme ou à la sagesse, cette sorte de tranquillité que certains jours elle semblait avoir, jusque devant lui qu'elle regardait comme si alors elle ne l'avait jamais vu, le considérant, lui Paul, dans ces pardessus et ces costumes de lin ou de drap sombre, avec sur le visage cette rudesse, cette sévérité qu'il pouvait avoir, quand donc avait-il ri et souri, lui qui se plaignait et depuis si longtemps de la société des hommes, elle ne se souvenait que du regard, du beau visage grave et tourmenté.

Et peut-être à force s'endormait-elle, si bien qu'il la trouvait à demi affaissée dans ses habits trop grands et la tête renversée sur la poitrine, debout devant elle il restait à contempler le visage amaigri et fatigué, les lourdes paupières bistrées refermées sur ces yeux dont comme d'autres il avait célébré la beauté, elle Camille dans sa vieille robe, son vieux manteau et ces chaussons de feutre vert qu'elle ne quittait plus, quand elle se réveillait elle l'apercevait penché sur elle et qui souriait doucement, elle sursautait mécontente et demandait depuis combien de temps il était là à la regarder, d'un geste rajustant sa coiffure ou sur les genoux l'étoffe de la robe qu'elle lissait à la hâte pour en défaire les plis puis, d'un bras tirant pour qu'il s'y asseye l'autre chaise, elle disait qu'elle était heureuse, si heureuse de le voir.

Je me la figure assise là à attendre sans rien dire, et depuis si longtemps, comme si elle n'avait jamais connu ni révolte ni violence, d'année en année plus docile, et si résignée que c'est à peine si là-bas un jour ils la reconnaissaient, parfois ils parlaient de cette docilité, cette résignation qu'elle semblait avoir, sur cette chaise où elle se tenait les mains croisées dans le pli des jupes, et ne demandant plus rien, si ce n'est ces pommes de terre ou ces œufs dont elle se nourrissait, ou encore qu'on lui donnât du papier ou un carnet pour écrire, là-bas ils la voyaient encore sortir de sa poche ou du petit réticule l'un de ces carnets qu'elle avait toujours avec elle, et commencer d'y écrire, ou d'un même long regard en parcourir les dates soigneusement inscrites les unes au-dessous des autres, le jour et l'année des visites qu'il lui faisait, le printemps ou l'été le plus souvent, à vrai dire elle n'avait guère besoin de le voir marqué là pour s'en souvenir, elle se souvenait disait-elle, de chacun des printemps et des étés où il venait et ils marchaient sur les allées du parc, ou plus haut vers les garrigues, ils marchaient dans tous les parfums qu'il y avait sur la colline. Elle se souvenait de tout, les saisons, les années de Montdevergues et les autres, toutes ces choses dont ils parlaient elle et lui, ils parlaient de Villeneuve et de la vie là-bas qu'ils n'oubliaient pas, le ciel clair et froid et eux qui par le chemin des vignes rapportaient les sacs de plâtre et de gypse mouillé, et la glaise des chemins qu'ils ramassaient à pleines poignées, ils parlaient des bois, des chemins où ils allaient et des collines aux pentes douces, les rivières dans les petites vallées, et la grande plaine balayée des vents, ils parlaient du froid et des pluies de novembre, cette grisaille très douce et dans le bas du ciel la lumière pâle qu'ils aimaient, oui la ligne claire des horizons, ils n'oubliaient pas, ils ne pouvaient oublier.

Et déjà il me semble bien qu'elle parlait de la fin des choses. C'est-à-dire que là-bas, dans le temps, déjà elle se souvenait, très tôt soupçonnant ce qui, des bonheurs ou de simples instants de trêve, allait disparaître pour ne plus revenir ; à tout le moins ce qui des rêves qu'ils avaient, chacun d'eux, non seulement réclamerait son tribut, mais ne saurait, en raison d'invisibles, impitoyables lois, se déployer haut et clair, et si évidemment que le reste ne pourrait qu'en dépendre, jamais elle ne s'apaiserait de rien.

Alors ce matin de mars, elle devait savoir qu'il arriverait. Qu'il fût ou non matin de mars, et grands et lourds chevaux qui venaient la prendre et l'emporter loin de chez elle. Et ça devait faire un bout de temps qu'elle le savait, un bout de temps que le doute, le soupçon faisaient leur besogne, tout le dit, et l'attente et la peur dont elle parle, cette habitude qu'elle prit de ne plus sortir de l'atelier, ou plus tard de s'y enfermer, et si tout se mêlait encore des gaietés et des tristesses, ces soudaines, insoupçonnables mélancolies qu'elle savait d'un mouvement ou d'un rire si bien cacher, il y avait là depuis longtemps, pareille à une menace, l'idée que rien d'heureux ou de grand ne pourrait durer ; qu'un jour viendrait où, comme à l'issue d'un combat, il faudrait baisser les armes et se rendre, d'une de ces redditions sans retour ni pardon, et alors pour elle tout serait fini. Tout serait fini, et ils auraient chacun d'eux, elle et lui, à en dire, c'est pourquoi jamais ils n'en parleraient. Ni dans ces jours-là, ni plus tard.

Ce matin tiède et gris de printemps, un de ces matins comme il y en a parfois lorsque le vent tombe, avec dans l'air une sorte de trêve, d'insupportable douceur – et sans doute, se dit-on, allait-il pleuvoir ou peut-être déjà, à petites gouttes rares, silencieuses, la pluie sans qu'on s'en aperçût avait-elle commencé – oui ce matin-là quand, debout derrière ses volets fermés, guettant les bruits et les voix dans la rue comme on guette ce qui arrive et ne peut qu'arriver, elle entendait les chevaux s'arrêter devant l'atelier. Elle entendait les chevaux, le crissement dur des roues sur le pavé, et bientôt les hommes qui descendant de voiture et parlant à voix basse regardaient de son côté, l'apercevaient debout derrière les persiennes, et alors d'un geste du menton l'un d'eux la désignait, désignait la forme pâle, immobile, à demi cachée et tremblante derrière la claire-voie.

Ce matin, ce jour-là qui arrivait comme les jours, les matins qu'on attend sans même savoir, et sans mots pour le dire, alors encore on se tait, on ne fait que se taire, ne sachant que regarder autour de soi, rassembler d'un long vaste regard ce qui la veille encore, le matin même au réveil, était là, d'une vieille, tranquille habitude, et l'on comprend que plus rien ne sera comme avant, on comprend que c'est ainsi que finissent les choses, là contre la fenêtre où elle demeurait immobile tandis qu'ils ouvraient la porte, c'est ce qu'elle comprenait, à les voir soudain devant elle dans leurs habits blancs, cette toile des blouses qui les prenait du col aux chevilles, et avancer de quelques pas, doucement, lentement, comme vers un animal qu'on veut apprivoiser, à les voir là devant elle, comme alors elle les voyait, elle comprenait ce qui arrivait, les chevaux, les hommes qui venaient la chercher, lui faisaient passer un manteau sur la chemise et rassembler à la hâte des affaires de toilette, pour le reste disaient-ils elle n'en aurait pas besoin et n'avait à s'inquiéter de rien, elle trouverait là-bas tout ce qu'il fallait. Alors ils l'emmenaient, ils l'emportaient comme ils auraient emporté un paquet, un objet encombrant qu'ils auraient eu à remettre sans tarder, jusqu'à Ville-Évrard le chemin n'était pas très long, c'est ce qu'ils disaient, mais par ces temps de pluie, et il allait pleuvoir, les routes étaient encombrées et mauvaises pour les chevaux. Les deux hommes dans leurs grandes blouses blanches qui la tenaient par les poignets et les coudes sur la banquette arrière, le long, dur siège de moleskine où elle était assise au milieu d'eux, et quand peu après la voiture repartait elle se retournait, elle regardait la maison et les fenêtres, le quai désert à cette heure, le visage des voisins à peine dissimulés dans le pli des rideaux, ceux de l'étage, et ceux d'en bas de l'autre côté de la voûte cochère, elle se retournait comme on se retourne quand on sait que tout est fini et qu'on s'en va pour toujours ; et lorsqu'ils arrivaient aux boulevards, la pluie tombait vraiment, à grosses gouttes tièdes faisant venir la buée sur les vitres, elle ne voyait plus rien, elle ne faisait qu'entendre le pas des chevaux sur le pavé et les voix, les cris dans la rue, ne les voyant pas davantage prendre le faubourg, ni plus tard sortir de Paris, et si elle demandait où ils allaient comme ça, c'était à voix basse et si sourde que c'est à peine si les hommes entendaient, aussi bien n'écoutait-elle pas ce qu'ils répondaient et ne semblait plus s'en préoccuper, comme si maintenant plus rien n'avait d'importance, ce devait être ce qu'elle se disait, et pourquoi elle se laissait faire de la sorte.

La pluie tombait, molle et tiède, elle se souvenait de la pluie sur les pavés, la sorte de chuintement, de crissement moite et doux quand, baissant les vitres, ils cherchaient à déchiffrer le nom des rues. La pluie sur la robe fumante des bêtes, ces chevaux-là qu'elle entendait avant de les voir, tout comme les voix, les bruits étranges, ce bruissement soudain de l'espace autour d'elle, autour de la maison où elle attendait sans rien dire, où il lui semblait n'avoir jamais fait qu'attendre, le malheur comme le bonheur, et cette fin des choses à quoi on ne peut s'empêcher de penser, restant là des jours à guetter leur venue et le piétinement calme des sabots sur le pavé, puis les voix qui appelleraient et demanderaient après elle, là parmi les plâtres et les argiles desséchés dans le fond de cet atelier qu'elle ne quittait plus, comme si elle avait toujours attendu ce moment, ou encore qu'il en ait toujours été pareillement, qu'on vint la prendre et l'emmener loin de chez elle, sans rien dire ni même chercher à savoir ce qu'elle pouvait penser. Et le temps que ça avait duré personne ne pouvait le dire, personne n'aurait su, pas même elle, ni ceux de Villeneuve qui la voyaient encore, qui se rappelaient et racontaient, depuis le commencement jusqu'aux jours qui suivaient la mort du père quand la voiture venait la chercher, pas la voiture de la famille disaient-ils, non pas celle-là mais l'autre avec les chevaux et les hommes en blouse blanche, là-bas ils n'avaient pas attendu et avaient donné les instructions qu'il fallait, le moment venu restant là chez eux, la mère, la sœur, le frère, et ne voulant rien voir ni entendre de cet enlèvement, cette arrestation qu'ils demandaient, c'était, expliquaient-ils, leur devoir qu'ils faisaient, et personne ne pouvait comprendre, personne ne comprendrait.

Alors se dit-on, elle devait encore les entendre, là-bas certains jours de pluie il devait bien lui sembler que ces chevaux-là gravissaient la colline, les deux lourdes bêtes aux flancs mouillés de sueur et de pluie, l'une presque blanche tachetée de gris, et l'autre alezane, toute brillante sous la sueur. Elle en parlait, là-bas à Montdevergues elle racontait que parfois encore elle les entendait, elle n'entendait qu'eux, comme les voix, les bruits étranges de ce matin-là, dans cette chambre qu'on lui donnait, et plus tard encore dans cette autre du pavillon bleu où, quand elle se mettait à la fenêtre, elle apercevait les toits clairs, les bureaux du bas et la chapelle parmi les frondaisons et les grands chênes, la tige fine et mouvante des cyprès qui bordaient les allées, là-bas dans le pavillon aux volets jaunes puis le pavillon aux volets bleus, puis dans un autre et un autre encore, et c'était toujours la même étroite et triste chambre, et aux murs si légers que le froid et la chaleur ne pouvaient qu'y pénétrer, et quand le temps lui semblait trop long elle demandait qu'on l'autorisât à prendre une chaise du couloir et la traînait dehors où elle s'installait sur le perron, ou l'herbe près des marches, regardant les gens passer, les malades, les pensionnaires, et les femmes qui travaillaient là-bas, qui du matin au soir allaient et venaient dans leurs blouses claires ou leurs grands tabliers de servantes. Elle entendait encore et encore et revoyait ce matin-là de mars, ils n'avaient pas perdu de temps, ils n'avaient, semble-t-il, pas de temps à perdre, pas plus qu'ils n'avaient à en parler, ils ne disaient, n'écrivaient rien de tout ça, ni des ordres qu'ils donnaient, ni même que le père était mort et qu'ils se préparaient à l'enterrer. Si bien que s'étonnant de son absence à Villeneuve, le cousin, Charles-Henri, lui écrivait cette lettre dont le matin même elle prenait connaissance, la lisant et la relisant dans la voiture qui l'emportait, cependant que, d'une seule même pensée, d'une seule même et poignante souffrance, elle comprenait ce qu'il y avait à comprendre de reddition et de fin des choses, et aussi que celui-là étant mort, et l'autre toujours dans ses villes et ses pays étrangers, il ne restait plus personne à Villeneuve pour la considérer autrement qu'avec lassitude et agacement, et sans doute aussi l'hostilité qui n'avait même plus à se masquer, il ne resterait plus là-bas que les deux femmes, la mère et la sœur, qui parlaient d'une même voix, et cette voix-là n'était guère bonne à entendre, elle ne l'avait jamais été.

Elle ne savait ce que ça avait duré, combien de temps sa lettre à la main elle était restée là entre les deux hommes, à ne plus rien voir ni entendre que la pluie sur les vitres, et le bruissement doux, singulier de la ville autour d'eux, ils avaient roulé et roulé interminablement jusqu'à ce que, et elle n'aurait su dire combien de temps avait passé et si c'était le soir ou encore le matin, elle vît paraître dans le fond de son parc la grande maison grise, et il pleuvait cette pluie triste et douce, cette pluie tiède du jour de mars, ils arrivaient, hommes et chevaux, au terme du voyage, ils disaient qu'elle était à Ville-Évrard près de Paris où on l'attendait, et la faisaient descendre, prenant son bagage la conduisaient jusqu'à la terrasse où ils la laissaient, d'un geste lui disant adieu, bon courage, pendant qu'ils s'éloignaient, retournant à la voiture, aux chevaux attachés au bas des marches, la laissant là parmi toutes les femmes qu'on faisait mettre en rang dans les réfectoires et les allées, ou plus tard dans l'escalier qui menait aux chambres et au grenier, aux lits de fer que derrière les draps pendus aux tringles on réservait aux plus pauvres, parmi tous ces gens qui lui parlaient, qui disaient qu'on ne lui voulait pas de mal, ici disaient-ils personne ne voulait de mal à personne, elle les regardait sans rien dire, sentant avec la peur et le désarroi monter la colère, plus tard elle parlait de peur et de colère, et de cette ignorance où elle était de ce qui se passait, écrivant ce jour-là et les autres ensuite à ceux dont, on ne sait comment, elle détenait encore l'adresse, qu'on l'avait mise dans un enclos grillagé en compagnie de fous parmi lesquels elle essayait de figurer du plus aimablement qu'elle pouvait, les invitant pour qu'ils se rendent compte à prendre le métro jusqu'à Saint-Mandé, puis le tramway jusqu'à Ville-Évrard où elle les attendrait, elle serait là, écrivait-elle, ils la verraient derrière les grilles.

Ce dernier matin quai Bourbon où lui Paul ne venait même plus, disant qu'il avait renoncé et ne voulait pas voir ce qu'elle devenait, cependant qu'elle ignorait tout de ce qui se passait et aussi qu'il se mêlerait de ça, comment le croire, organisant ce qu'il y avait à organiser avant de repartir pour l'Allemagne, à Francfort où il était consul, les démarches près des médecins, des hospices, et il en avait fallu, ainsi que faire et refaire les papiers, ils ne convenaient jamais, et il n'avait que peu de temps, la mère le pressait et se plaignait des soucis, des chagrins que cette fille-là leur causait, et qu'elle ne pouvait rester seule dans ce logis, cet atelier qu'elle occupait encore, ce que chacun, disait-elle, pouvait comprendre et attester, les médecins les premiers qui rédigeaient certificat sur certificat à propos des habits misérables et de la saleté où elle se tenait, si sale écrivaient-ils qu'elle ne se lavait sans doute plus, et si recluse et privée d'air derrière ses volets fermés qu'elle allait en mourir. Et quand plus tard, l'année d'après, elle en reparlait, c'était pour dire que sa fille n'allait pas mieux et ne pouvait toujours pas demeurer seule, écrivant à la famille et aux amis qu'il fallait cet été 1914 où la guerre commençait, la transférer à Montdevergues près d'Avignon, mais que les nouvelles étaient aussi bonnes que possible, puis lui expliquant à elle, finissant par lui écrire un jour que tout cela n'était que provisoire et qu'elle devait essayer de comprendre, c'était la guerre, disait-elle, et il valait mieux qu'elle fût là où elle était, loin des tracasseries et des souffrances qu'il leur fallait endurer à Villeneuve, et Dieu sait quelles épreuves ça pouvait être, lui parlant de combats dans les rues et de canons qu'ils ne cessaient d'entendre, de villages occupés et de soldats jusque dans les maisons et les jardins, cette autre lettre qu'elle recevait là-bas où elle venait d'arriver et n'oubliait plus, pas plus qu'elle n'oubliait ce train, le dernier, qu'un matin de septembre gare de Lyon on lui faisait prendre, l'interminable voyage dans les odeurs de poussières, de sueur et de charbon, les wagons, les compartiments brûlants et à ce point dépourvus d'air qu'il y en avait dirait-elle qui s'évanouissaient, oui les deux jours les deux nuits dans la chaleur de cet été-là, le premier été de guerre, ils longeaient des pâturages et des vallées et quand plus tard ils voyaient les montagnes ils demandaient leur nom et si c'était bientôt qu'ils arrivaient, ces hommes, ces femmes qui criaient pendant le voyage ou se balançaient à n'en pas finir sur les bancs de bois, et cette fille très jeune, elle n'avait pas dix-sept ans, qui ouvrait la portière et se jetait sur les rails, alors il y en avait pour demander comment cela était possible, qu'on fît une chose pareille, et si on allait la sauver, et quand ils arrivaient dans Avignon c'était le ciel bleu et chaud, et d'autres voitures, d'autres chevaux qui les menaient plus loin sur cette colline où on les laissait, et bientôt ils allaient d'un pavillon l'autre pour gagner les chambres et les réfectoires, et marchaient en rang sur les allées.

Tandis qu'à peine plus tard il évoquerait, lui Paul, cet été-là, il évoquerait l'été très chaud et la campagne bourdonnante de lumière, s'en souvenant à son tour comme de choses qu'on sait depuis longtemps, imaginant le voyage, l'imaginant, elle, transpirante et lasse et sans doute apeurée, dans une de ces vieilles robes qu'elle portait quelle que fût la saison et que ce matin-là on lui faisait revêtir à la hâte, ce mois d'août éprouvant de lumière et de chaleur dont il parle dans son journal et les grands trains de réfugiés venant des Ardennes, le bruit des canons dans l'odeur des foins où, note-t-il, chantaient encore les oiseaux, quand par le nord de l'Europe puis l'Angleterre il devait quitter son consulat de Hambourg, et qu'elle dans un autre train partait pour cette maison de fous, ignorant le temps que ça allait durer, les trente autres interminables années où elle n'aurait plus à voir que les folles qu'on promenait sur les allées et qui le soir hurlaient dans les corridors et les réfectoires où, détournant le regard et se bouchant les oreilles, elle les retrouvait, ne faisait que les retrouver.

Là-bas à Montdevergues où, de Rome l'année suivante, la deuxième année de guerre, il venait la voir, et alors elle était au parloir à l'attendre, immobile dans le vieux manteau et la robe trop grande, près des portes ce commencement de couloir où l'on pénétrait sitôt franchi l'escalier, et parfois se levant elle allait d'un côté et de l'autre et demandait si l'on pouvait lui dire l'heure, et si c'était bien ici qu'il fallait attendre les visiteurs, il arrivait et l'embrassait, il disait qu'il revenait d'Italie où le gouvernement l'envoyait, et qu'hier encore il nageait dans la mer à Nice, il parlait de la mer à Nice et des vagues très violentes qui l'avaient roulé sur les galets.

Cette année-là, la première, elle l'attendait au parloir, et les autres fois il la trouvait là-haut sur la chaise qu'elle tirait dehors près du pavillon, il la trouvait là qui l'attendait, sur le petit tertre d'où elle pouvait voir les voitures franchir la grille et se garer sur la place devant la chapelle, comme ce jour, se dit-on, où pour la première fois il venait avec la Packard, la grande longue automobile noire qu'il avait depuis peu – et c'était peut-être l'année où leur mère étant morte il venait le lui apprendre, peut-être était-ce l'été où il venait lui parler de leur mère qui était morte au printemps d'avant, le printemps 1929, ou bien dans l'année qui suivait quand, profitant des longs jours d'été, il faisait par Grenoble, Gap et les gorges de l'Aygue, depuis son château de Brangues à trois ou quatre cents kilomètres de là, le voyage jusqu'à Montdevergues, et de là se rendait dans Arles ou dans Avignon où il devait pour son théâtre, ces années-là le *Christophe Colomb* ou peut-être déjà le *Soulier de satin,* rencontrer un compositeur, un metteur en scène, oui cet été 1930 quand il venait avec la Packard que conduisait l'un de ses fils, et il faisait si beau qu'ils avaient roulé vitres ouvertes, il parlait de l'odeur des pins et des tamaris sur le bord des routes, et toutes les lavandes dans le vent, et quand il arrivait de la pluie qui commençait, interminable, obstinée, tandis qu'appuyée à son bras, lasse, amaigrie dans ses habits trop larges, elle l'accueillait d'un sourire pâle et fatigué et disait, à voix basse, précipitée, des mots qu'il ne pouvait entendre.

Alors sans doute cet été-là, ce jour d'août ou de juin qu'il venait, parlaient-ils de leur mère qui était morte, ils en parlaient, et tout le temps passé sans qu'elle la revît, elle Camille, qui sanglotait et disait ses craintes à présent que leur mère n'était plus là, et comment la nuit elle rêvait encore d'elle dans l'ombre du jardin de Villeneuve, pensant au jardin, pensant à Villeneuve et aux étés de là-bas, la revoyant assise avec l'autre fille, la cadette, à l'ombre du tilleul où des après-midi entières elles cousaient et raboutaient les draps et les vieux linges et parfois, levant les yeux et parlant à voix basse, elles semblaient observer la maison et les fenêtres du grenier où elle, qui ne cousait ni ne raboutait, était montée pétrir sa glaise et la façonner, ou encore cogner à grands coups de marteau sur ses pierres, elles la voyaient passant derrière les fenêtres tandis qu'affairée, le feu aux joues et les cheveux défaits, elle allait et venait d'un bout à l'autre des mansardes avec ses poignées de terre, ses arrosoirs ou son marteau, elle les voyait la regarder, et bientôt baissant les yeux sur l'ouvrage elles se taisaient. Quand elle se réveillait c'était pour dire ça, ce rêve qu'elle faisait, cette inquiétude, et errer jusqu'au soir au travers de la chambre et des corridors, ces couloirs interminables où elle allait sans plus rien voir ni regarder. Elle disait qu'elle revoyait leur mère assise dans l'arbre du jardin, elle revoyait le portrait qu'elle avait fait d'elle sous les grands arbres où l'été elle se mettait, elle revoyait tout pêle-mêle des tristesses et des colères, et ces jours sans fin où, prenant le ciel à témoin de tous ses sacrifices, elle se plaignait de ces deux-là qui n'en faisaient qu'à leur tête et deviendraient un jour comme l'oncle Henri, le fou de vingt ans qui s'était jeté dans la Marne, cette fille, disait-elle, que rien ne pouvait arrêter, et si violente et entêtée que c'était à se demander si elle ne voulait pas la faire mourir de chagrin, oui, si ce n'était pas ça qu'elle voulait. Si bien que s'en mêlant et prenant sa défense, Paul demandait qu'on la laissât tranquille, elle Camille, et quelle était cette façon qu'ils avaient dans cette maison de se quereller à longueur de temps, criant à son tour et prévenant qu'un jour ils partiraient elle et lui, et personne, non personne n'entendrait plus parler d'eux. Ils criaient avec la mère, emplissaient la maison de leurs cris et haussements de voix, et bientôt restés seuls ne trouvaient plus rien à dire, ils restaient là à se regarder, et parfois on ne les entendait plus de tout le reste du temps, ils pouvaient demeurer des heures à se taire, ils n'avaient guère besoin de rien dire, tout se voyait sur leur visage de l'amour et de la haine, et de cette sorte de souffrance qu'ils avaient à regarder le monde.

Il la trouvait là qui l'attendait, sur cette chaise où elle s'installait même quand il ne venait pas, regardant les gens autour d'elle, ou bien feuilletant un de ces carnets qu'elle avait toujours avec elle, y écrivant même parfois encore, ces listes, ces annotations sur les années, les mois qui passaient, restant là des heures entières tandis que bientôt elle guettait la douleur dans la jambe, sachant quand et où la douleur allait revenir, à l'arrière de la jambe, entre le genou et le mollet, elle guettait la douleur, attentive et déjà résignée, pensant à la résignation, toutes les résignations, et à ce que cela aurait toujours été malgré les colères et les violences ; le reste du temps elle allait et venait sur l'allée et le sentier, descendait aux bureaux chercher une lettre, un colis, et quand elle en avait fini avec ça elle remontait, et de temps à autre se retournait et regardait le bas du parc, les pavillons autour de l'église et les bureaux, bientôt disait-on elle traînait la jambe, on la voyait traîner la jambe et boiter sur l'allée et le sentier, d'une main tenant la hanche et de l'autre le papier, le colis, comme autrefois ces soirs de fatigue lorsque, à peine sortie de l'atelier, elle s'arrêtait et s'adossait au mur ou à la porte cochère qui se trouvaient là, puis se mettait à boiter dans les rues par où elle revenait, comprenant qu'il lui fallait boiter quand la fatigue était là, ou peut-être déjà la tristesse, se regardant boiter, regardant le pied, la jambe, la blessure invisible.

À Paris où un jour ils venaient pour elle, la mère, le frère et la sœur, la suivant comme on suit un maître, un chef de famille, afin qu'elle étudiât la sculpture ainsi qu'elle l'avait obtenu du père, dans ces appartements qu'ils louaient dans l'île Saint-Louis et les quartiers de Montparnasse où étaient l'Académie et les ateliers, cependant que, redisant l'imprudence et même le danger, impétueuse, violente comme elle était, de la laisser faire ça, la mère réprouvait, ne faisait que réprouver et donnait en exemple la cadette, qui sans doute apprenait la musique, mais surtout comme les autres à tenir une maison et toutes ces choses qu'une fille doit savoir pour se marier et élever des enfants, alors elle pouvait bien, elle la sœur, prendre à Paris toutes les leçons de musique qu'elle voulait, et Paul étudier à Louis-le-Grand, sans doute ni l'une ni l'autre, la mère et la sœur, ne lui pardonnaient-elles d'avoir dû, pour elle et sa sculpture, quitter Villeneuve, ni que les choses se passent comme maintenant elles se passaient, et bientôt entre elles tout se monnaierait et se négocierait de ce qu'il y avait à monnayer et négocier, de l'amour et de l'argent, et de ce pouvoir que chacune, dans d'amères et bruyantes récriminations, entendait exercer.

Et la sculpture elle l'apprenait, personne n'aurait pu dire qu'elle ne l'apprenait pas, même ceux qui observaient qu'elle n'avait sans doute pas besoin de ça ; que déjà elle savait. Elle apprenait comme on apprend quand déjà l'on sait, comme elle apprenait ce qui venait, ne pouvait que venir et qu'un temps encore elle ignorait, ne se ménageant guère et le soir boitant comme ceux, dit-on, que quelque chose tourmente au point qu'ils ont à le cacher, petite et menue avec sur le visage cette beauté dont tous parlaient, ces yeux, ces cheveux qui faisaient sa splendeur, et bientôt le maître en était amoureux comme jamais il ne l'avait été, lui Rodin dans cet atelier de la rue de l'Université où il la prenait pour élève et où elle se rendait à présent chaque jour, se tenant toujours sur la même petite chaise près des portes du fond, personne d'autre qu'elle ne s'asseyait sur cette chaise-là, ne se tenait de la sorte dans ce coin de l'atelier, elle l'appelait monsieur Rodin, il parlait ou simplement la regardait en silence, cependant qu'elle pétrissait tout ce qu'il y avait à pétrir de glaise et de terre, elle pétrissait, modelait pour lui des mains et des pieds, il disait que c'était ainsi que l'on commençait, elle pétrissait comme si elle commençait, elle ne pensait qu'à pétrir, à commencer, sitôt qu'elle en avait fini avec la terre disant qu'elle allait tailler la pierre, travailler à quelque chose qui devait apparaître, surgir de la masse informe, et qu'elle voyait très vite, très vite elle voyait ce qu'allait devenir la pierre, à grands coups de maillet, à coups de rage, de ferveur.

Et les autres, élèves et modèles, qui ne s'apercevaient encore de rien, si ce n'est qu'elle sculptait comme personne, taillant et retaillant la pierre, de la main, du bras, du corps tout entier, et comme ils n'avaient jamais vu le maître le faire et, disaient-ils, ils ignoraient d'où venait cette force-là, cette fièvre qu'elle semblait avoir, à n'en pas finir elle figurait les visages, les mains qu'il demandait, et parfois encore, prenant le temps, elle travaillait pour elle à des œuvres qu'elle ne signait pas davantage, reproduisant les visages, les corps et tout le tourment qu'elle y voyait, et tout cela disait-on se ressemblait, le même élan, la même incroyable lumière, si bien que plus tard, quand dans le grenier de Villeneuve on trouverait les plâtres et les terres cuites, on ne pourrait dire s'il s'agissait de son œuvre à elle ou d'ébauches qu'à sa demande, pour les chantiers du maître, elle réalisait encore, on ne le pourrait. Oui ces jours ces mois où elle apprenait chez le maître, le petit homme vigoureux, râblé, qui ne savait que sculpter et l'avait prise à son atelier, on disait qu'elle était l'élève qu'il préférait, mais aussi qu'il s'intéressait à elle comme à personne car il n'était plus le même, chacun pouvait le voir la regarder et perdre le goût des choses quand elle ne venait pas, une contrariété, une lubie comme en ont parfois les femmes, on ne savait où elle était à ces moments-là, et quand elle réapparaissait il se gardait de rien dire, il attendait qu'elle parle, parfois des journées entières. Dans cette lumière, cette poussière pâle et grise, presque blanche, de l'atelier du Dépôt des marbres où ils se retrouvaient, et parfois s'arrêtant, il la regardait, et quand à son tour elle se tournait vers lui il maintenait le regard fort, appuyé de l'homme tranquille et fort de son désir et de toute sa vigueur de mâle, oui la tranquille, troublante assurance que c'était lui l'homme qui décidait de ces choses, et du regard et de ce que faisait comprendre le regard, puis il disait ce qu'il fallait et qu'il attendait qu'elle fît, là pour lui, près de lui, et dans la hâte, avec toute cette pierre et ces terres qui séchaient trop vite.

Plus tard si elle y pensait, elle ne savait plus quand ni comment cela avait commencé, ni même le temps que ça avait duré, il lui semblait que les jours se mêlaient indistincts, dans cette sorte de lointaine, pâle et encore brillante lumière comme, sous les brumes tendres et irisées de septembre, s'enfouissent les formes familières des arbres, des toits et des maisons, plus tard elle chercherait à savoir, à reconnaître, dans cette confuse et chatoyante suite de jours le moment où tout commençait de ce qui venait, du premier émoi et du premier trouble, et tous les silences et les hésitations, les regards dérobés, oui ce qui venait et qu'ils attendaient, et à quoi ils n'auraient su renoncer, là parmi tous ces visages, ces membres qui jonchaient l'atelier et qu'à n'en pas finir ils modelaient et sculptaient, et alors le temps passait, elle n'avait jamais su dire combien ce temps-là avait passé, depuis les premiers jours à l'atelier jusqu'à cette saison si belle et brillante de l'année 1884 ou 1885 où ils se mettaient à s'aimer, cet amour, cette haine peu importe, que plus tard, cherchant à l'arracher d'elle comme on arrache une vermine, elle maudirait et pour toujours, mais pour l'heure elle était là près de lui, apprenante et soumise, et le temps qu'il fallait, et douce à ne pas croire, travaillant avec cette force dont on ne savait d'où elle venait, et le soir fatiguée elle boitait, elle pouvait bien boiter belle comme elle était, quand le matin à nouveau il suffisait d'un regard pour renouer, à même la chair, ce qui la veille dans le plus grand des silences s'était dit, reprendre où ils l'avaient laissé un commencement de trouble, un commencement d'émoi, et alors ils étaient là tous deux, oublieux des autres, l'élève et le maître à qui bientôt elle se soumettait avant de le soumettre à son tour, faisant durer le temps, faisant durer le trouble et l'attente, et ce n'était ni ruse ni coquetterie, mais préserver sans doute ce qu'il y avait à préserver de la sorte de paix de ces jours-là, comme si elle, qui n'avait jamais aimé, savait déjà les bouleversements, les violences que ce serait.

Rien donc ne dit comment cela commence, ce qu'on sait c'est que, plus âgé qu'elle de tout un quart de siècle, il porte sur le visage, dans toute la masse du corps, cette rudesse, cette force tranquille qui appellent l'assentiment et le trouble des défaites, et dans le regard la transparente clarté de ceux que le rêve n'abandonne pas. Alors est-ce le rêve qui est encore là ou l'émoi d'une prochaine reddition, est-ce la force du sang ? elle, qui un soir décide que tout cela, les regards détournés et les phrases inachevées, la sorte d'ivresse qu'il y a à cacher et dérober, a fait son temps ? car maintenant c'est d'autre chose qu'elle ressent le besoin, et cette chose-là c'est lui qui la lui donne. Ce ne peut être que lui.

On ne sait comment cela commence, ni lequel des deux un soir décide ou, sans même décider, d'instinct fait le pas qu'il faut, un soir qu'élèves et modèles sont partis et qu'ils se retrouvent seuls rue de l'Université, ou bien peut-être – ne serait-ce pas là que tout se passe où personne à cette heure ne peut les surprendre, surtout pas Rose Beuret la vieille, la fidèle compagne ? dans son atelier à elle de la rue Notre-Dame-des-Champs qu'elle partage avec l'anglaise Jessie Lipscomb, car Jessie ces jours-là est partie dans sa famille à Nottingham ou peut-être à Wight, des vacances, une obligation qu'elle aurait eue. Ce serait là dans le petit atelier où elle ne craindrait la venue de personne, qu'après le restaurant où il l'a invitée ils viendraient boire un dernier verre, du champagne peut-être qu'il aurait apporté, ou l'un de ces vins rouges qu'ils aimaient, ce serait là, dans la nuit qui tombait, qu'ils penseraient à se cacher, que, dans une précipitation de linges froissés, parmi les verres et la brassée de roses qu'il venait de lui offrir, ils boiraient le vin, le champagne, et bientôt la prenant dans ses bras il la serrait contre lui, doucement lui retirait ses vêtements, et peu à peu elle s'ouvrait tout entière et guettant le plaisir qu'elle ignorait, l'ignorant un temps encore, jusqu'à ce qu'elle se mît à crier, là sur le divan où elle se tournait et se retournait, tandis qu'éperdu il la regardait, se disant que c'était lui qui donnait ce plaisir-là, et se demandant comme elle d'où venait le cri, la grande houle dans le corps qui jouissait sans se livrer, ne se livrait pas, ailleurs pour toujours, aimant et plein de haine.

Cependant que bientôt posant à sa demande, soir après soir elle prenait place devant lui qui pétrissait la terre, modelait à n'en pas finir son visage. Elle était l'Aurore, elle était la Danaïde, elle était Francesca, et chaque femme qu'il figurait. On disait qu'il ne pouvait se détourner d'elle, ni se retenir de figurer son visage, comme une idole elle surgissait de ses mains, blanche et vive et casquée de pierre, ou bien encore avec ses crayons dessinait-il les cheveux qu'elle avait, autour d'elle la masse éblouissante qui lui ceignait le corps et les reins et jusqu'aux jambes repliées sous elle, et du visage qu'elle détournait on entrevoyait l'arrondi, la grâce d'une joue, la nuque naissante, et parfois se levant allait-il chercher une lampe dont il éclairait un marbre antique, un visage, un torse de dieu ou une Vénus romaine qu'il venait d'acheter, il tenait la lampe au plus près qu'il pouvait contre le visage ou le torse du dieu, le ventre de femme, puis la déplaçant d'un côté et de l'autre faisait apparaître la forme, parlant de modelé incomparable et de chair qui vivait comme jamais aucune chair n'avait vécu. Longtemps la lampe à la main il tournait autour des corps, disant qu'il achetait des fragments de dieux, que contempler cela était le bonheur. Soir après soir elle était là devant lui qui la dessinait et modelait son visage, ou bien lui montrait des fragments de dieux et, le moment venu, lui ouvrant les bras il la prenait et la reprenait, lèvres entrouvertes elle s'endormait sur les coussins du divan, un souffle, une petite respiration soulevait une mèche glissée sur le front, et quand elle se réveillait il était penché sur elle, d'un bras enserrant ses épaules et disant doucement que c'était l'heure de partir, elle se levait et rentrait chez les parents, et le lendemain au Dépôt des marbres où elle le retrouvait, c'est à peine s'ils se parlaient ou se regardaient, devant les autres qui étaient là, les élèves, les modèles, ils cachaient, ils croyaient encore cacher.

Alors quand cette année-là elle retournait pour l'été à Villeneuve, ils la voyaient courir et chanter sur les chemins et se disaient que quelque chose, ils ne savaient quoi, était changé, elle allait et venait gaie et rieuse, et si conciliante à présent qu'ils s'en demandaient la raison. Ces dimanches d'été quand à l'heure la plus chaude elle partait avec sa robe blanche sur le chemin des vignes, et soudain dans la poussière pâle, brillante se mettait à courir, à danser d'un talus l'autre, et parfois chantait-elle, ces dimanches auxquels il penserait longtemps, lui Paul, longtemps il la verrait chanter et courir dans la robe blanche, éblouissante de soleil, et derrière elle, dans la lumière bleue où tremblait la chaleur, les toits du village, le clocher et les arbres de la grand-place, il la voyait courir comme elle n'avait jamais couru sur un chemin, il la voyait et il lui semblait comprendre qu'elle n'était plus la même, ne le serait jamais plus, si bien qu'il n'oubliait pas, il n'oubliait jamais, ni la sœur qui chantait et riait, ni cette robe qu'elle portait, faite d'une vieille et souple toile blanche vaguement colorée par le soleil, par endroits on devinait des sortes de lignes, de rayures d'un ocre pâle, on pensait à un linge longtemps plié dans une corbeille où le soleil, la lumière tombant toujours aux mêmes endroits aurait dessiné de grands traits couleur de rouille, un drap ancien ou un vieux rideau dans quoi elle avait taillé la robe, corsage étroit et jupe bouffante, la sorte de corolle que retenait le velours sombre d'un ruban, elle disait qu'elle aimait les vieux habits, ceux qui n'avaient pas l'air d'être faits d'hier. Oui cet été-là, le premier, cet été qui ne voulait pas finir, quand plus tard avec l'automne et la tiédeur de septembre chacun put croire que cette douceur, cette grâce ne cesseraient plus, septembre où de retour à Paris elle reprenait le chemin des ateliers et le trouvait là, lui Rodin, tourmenté et se demandant s'il allait jamais la revoir, et alors elle riait, ne faisait que rire et demandait ce qu'il avait.

Tandis que sans rien compter de l'amour ni du travail, ou dire ce qui arrivait, bientôt elle maigrissait et l'on voyait les yeux se cerner, et sans doute devenait-il difficile de ne pas comprendre davantage quand le soir on la voyait, de la même façon, traîner la jambe et marcher de ce pas qu'elle avait, avec lenteur et application comme si elle peinait ou bien voulait préserver ce qui lui restait de souffle et de vaillance, ou peut-être encore comme si mûrissant une pensée, un commencement de peine, elle en battait le rythme au ballant de sa hanche, oui ces soirs, les derniers, lorsque quittant l'atelier du maître elle revenait chez les parents, et alors il lui semblait ne faire que ça, soir après soir quitter l'atelier, quitter le maître et rentrer chez les parents où plus rien n'était, ne pouvait être comme avant, et ce qui restait à cacher elle le cachait et du mieux qu'elle pouvait, se retirant sans rien dire pour nettoyer la robe et la blouse souillées de terre et de plâtre et se laver, et plus tard au dîner, distante ou volubile, elle parlait, de tout et de rien, de ces choses qu'elle pouvait encore dire, et même du maître auprès de qui elle ne cessait d'apprendre, et ils la regardaient et se demandaient que penser.

Là dans ces appartements qu'ils louaient et abandonnaient tour à tour, et où le soir elle continuait de rentrer, quand bientôt elle n'inventait pas quelque voyage ou quelque tâche à finir pour l'atelier, et alors, ne voulant pas y croire, n'y croyant pas encore, lui Paul, déjà il écrivait, parlant d'arbres qui appelaient et qui seuls pouvaient donner des ordres, mais aussi de mort et d'amours impossibles, de femmes subjuguées et captives qui ne s'appartenaient plus, et à ce moment-là évoquant la solitude c'est à la sienne qu'il pensait, lorsque comprenant la longueur des soirées il la voyait s'éloigner, plus calme ou plus vive selon les jours, et qu'il n'avait plus à dire, lui, que l'ennui et le désarroi, et cette tristesse à quoi, sans l'avoir soupçonné, il consentait. Oui sans doute était-il le premier à comprendre ce qui arrivait, de cet amour qui les prenait tous les deux, le maître et l'élève, et d'elle, sa sœur qui s'en enivrait comme on s'enivre de céleste, et bientôt il dirait, il écrirait que malgré cette ivresse, malgré ce bonheur qu'elle semblait connaître, elle se perdait, ne pouvait que se perdre. Il écrirait que c'était se perdre que d'aimer de la sorte.

Elle se grise, elle s'enivre. Et ce doit être d'amour. À tout le moins de l'exaltation, et aussi de la sorte de paix, ou plutôt d'apaisement, que c'est de voir cette chose-là, ce sentiment, se lever haut et fort dans un cœur qu'on veut séduire, comme au milieu des mers de grandes, fortes voiles tendues dans le vent.

Car sans doute entend-elle le séduire, et le conquérir vraiment, c'est-à-dire doucement le mener à la reddition. Elle voulut le séduire, autant qu'elle le fut. Tout le dit. Son âge à lui et son âge à elle, celui d'une fille qu'il aurait eue autrefois, il n'y a pas si longtemps, dix-huit, dix-neuf ans tout au plus, et qu'il aurait choyée et protégée tout particulièrement ; comme le dit l'admiration qu'elle portait à sa personne, homme et sculpteur, sans même parler de la renommée, de ce bruit qui déjà se faisait autour de son nom, et la fascination n'était pas loin, un trouble, un chavirement, peut-être, à comprendre qu'elle était là si proche de cet homme qui disait ne pouvoir vivre sans elle, ni même, écrivait-il, sans qu'il la vît, l'entrevît, ne fût-ce qu'une journée. Oui sans doute était-ce de griserie qu'il s'agissait, et aussi de cette opiniâtreté à obtenir ce qu'elle voulait, quand l'interdit, le réprouvable, étaient là à deux pas, attirée qu'elle était, et sans même le savoir, par cela même qu'autour d'elle on allait condamner, attirée par la rage et les combats et la vieille exigence de vaincre. Alors le reste n'était pas bien loin, il était là à portée de main, à portée de regard, elle le séduisit puis le conquit, et pour cela n'eut que peu à faire. La beauté, la nature vive et fantasque, et ce don qu'elle avait, venu d'on ne sait où, de faire surgir dans l'argile, dans la pierre, le profond et le tragique d'un rêve, et disait-on déjà, le plus indiscernable, le plus éphémère. Elle le séduisit, et cela fait, bientôt s'enivra d'amour.

Et comprenait-il encore, lui Paul, tout cela ne faisait que commencer, car bientôt pour elle il ne s'agissait plus de rentrer le soir et les retrouver, la mère la sœur le frère, qui à la table du dîner la regardaient sans savoir que penser, ni même de continuer à partager avec Jessie Lipscomb l'atelier de la rue Notre-Dame des Champs, il s'agissait de rester avec cet homme-là qui était le maître et qu'à présent elle voulait, et le plus de temps qu'elle pourrait, quand déjà sans rien dire elle partait avec lui pour la Touraine, prenant le train puis la vieille diligence à travers les vignes pour cette campagne – et personne ne saurait qu'ils étaient là tous les deux, dans ce château d'Islette où ils venaient cacher l'amour comme on cache ce qui doit être tu et ignoré de chacun, personne ne le saurait, ni les gens de Paris ni les amis, ni bien sûr cette femme, cette Rose Beuret avec qui il vivait depuis si longtemps et qu'il semblait devoir épargner. Ils se retiraient là, dans ce château où personne ne savait qu'ils étaient, et alors elle se disait, elle Camille, que rien de tout ça n'avait d'importance, cette femme et ce secret qu'il demandait, le jour, la nuit ils s'aimaient dans les chambres aux murs fleuris, les cretonnes et les indiennes à l'odeur de poussière et de riche campagne, les toiles chamarrées qui disaient le temps et la fatigue et les plaisirs très doux, sous les fleurs des baldaquins il la prenait et la reprenait et disait que l'été était beau, un des plus beaux qu'il eût connu. Longtemps elle semblait ne rien vouloir que le corps lourd, massif qui pesait sur elle, l'allée et venue de bête lourde dans son ventre à elle qui apprenait ce plaisir-là et ne demandait plus rien d'autre, si ce n'est tailler dans la pierre les corps très nus qui se donnaient, s'abandonnaient, près ou loin de lui les corps qu'elle faisait venir, l'élan magnifique hors des linges, des toiles, et alors plus rien n'était, ne pouvait être comme avant.

Elle se disait ça, et bientôt revenue à Paris ne se le disait plus, et cherchait à le retenir plus souvent, dans le petit atelier qu'à présent il louait pour elle dans les quartiers d'Italie, comptant les jours, les soirs qu'il n'était pas là, qu'il rentrait chez lui où l'autre attendait. Oui quand bientôt, cherchant à soustraire à la famille et aux amis les heures, les jours qu'il fallait pour s'aimer, elle mesurait le temps qu'il lui donnait, le comptait et le décomptait, et c'était peut-être un de ces jours que se promenant dans les quartiers d'Italie ils découvraient cette vieille Folie, la grande belle maison abandonnée derrière ses roses et ses buis que bientôt elle visitait avec lui, allant et venant dans les escaliers et les chambres, et le parc où elle courait sur les allées, disant qu'elle aimait les maisons et les parcs, et qu'il n'y aurait jamais dans cette maison-là, que bientôt il louait, personne d'autre qu'eux ; cachée derrière les arbres et les buissons du quartier d'Italie une de ces vieilles bâtisses abandonnées où les murs, les balcons se défaisaient dans une poussière de plâtres et de rouilles, et les ronces, les fleurs sauvages envahissaient les parterres et les allées qu'ils parcouraient dans l'odeur tiède et pénétrante des buis, des vieilles roses, et Paris disaient-ils, Paris semblait si loin, quand ils regagnaient les terrasses ils voyaient le soleil se coucher sur les ifs du bassin, hauts et drus, et si épais qu'on aurait dit une muraille, ils parlaient des ifs et des buis, des vieilles roses et des chambres auxquelles ils retournaient, ils parlaient de la maison qu'il louait pour en faire un nouvel atelier, et surtout pour eux qui allaient s'y retrouver comme autrefois Sand et Musset qui dit-on s'y étaient aimés. Cette Folie Neubourg ils n'arrêtaient pas d'en parler, ils disaient qu'ils aimaient les maisons, qu'ils avaient besoin d'une maison comme celle-là, de la grande longue pièce du fond où prenait l'escalier, il ferait son atelier, et ils aménageraient une des chambres de l'étage, ils aimeraient cette chambre, le grand lit qu'ils trouvaient là-haut sous les damas et les toiles peintes, et la lumière qu'il y avait quand les persiennes étaient tirées, la pâle douce lumière luisant sur les parquets, les miroirs dans le fond des chambres. Ils visitaient la maison et bientôt s'y retrouvaient, et elle disait qu'elle ne voulait rien d'autre, et chacun comprenait, ces jours où elle allait et venait joyeuse et parlant pour ne rien dire, c'était un babil d'enfance, léger comme l'air et plein de gaieté, ces instants qu'elle savourait comme si elle se fût trouvée dans une bulle chatoyante et légère, et si vivement irisée qu'elle s'en étourdissait, ivre, grisée d'elle ne savait quoi, et tout ce qu'elle avait de sang se rassemblait, la portait comme une vague. Elle le retrouvait là dans la grande vieille maison où, écrivant à la mère qu'elle voyageait pour le maître, certains soirs elle restait, et elle espérait, disait-elle, que là-bas tout le monde allait bien, elle l'espérait et les embrassait, chacun d'eux, elle n'oubliait pas de les embrasser. Cette Folie où parfois elle restait dormir, tout entière occupée de ça, se retrouver seule avec lui, et ne pensant à rien ni personne d'autre, si ce n'est à ce qu'elle allait faire avec la glaise, le plâtre et le marbre d'Italie, ces deux-là qui s'aimaient et se retrouvaient, dit-on, après des années de séparation, la femme qui, se penchant, n'en finissant pas de se pencher vers l'homme agenouillé devant elle, déjà se donnait, ne faisait que se donner, et quand elle en parlait, c'était pour dire ça, cet amour, cet abandon qu'elle représentait, et le corps à présent qui se livrait, ne pouvait, ne pourrait jamais plus que se livrer. Où le soir après qu'il l'ait prise, elle se levait et allait tailler la pierre autour d'un visage, d'une hanche, tournant obstinée autour des corps, des ventres et des reins comme enfiévrés, et cette ivresse-là ne s'inventait pas, ni le corps éployé, le cou, la nuque doucement fléchis. Cet emportement loin de tout, cependant que lui, parlant d'idole et d'adoration, les représentait à son tour, ou d'autres qui leur ressemblaient, quand plus tard les groupes étaient exposés on se demandait qui du maître ou de l'élève avait eu l'idée le premier.

Et bientôt elle les figurait dans cette valse, cette danse d'amour, si lente qu'on les eût dit immobiles, et l'un devant l'autre pour toujours, les mêmes qui s'aimant se désirant à n'en pas finir, ne pouvaient se déprendre, ne se déprenaient plus jamais, la femme penchée abandonnée sur l'épaule de l'homme qui l'étreignait encore et encore, cette idée qu'elle avait et qu'année après année on la voyait modeler puis tailler dans la pierre, et elle disait que cela ne faisait que commencer, que cela n'aurait pas de fin, cependant que pour lui elle modelait encore les mains et les pieds et aussi, de cette manière qu'elle avait de faire, d'autres choses qu'il demandait, des flancs, des cous doucement ployés, et ces bras et ces visages dont plus tard personne ne saurait qui d'elle ou lui les avait figurés – tous ces fragments, ces plâtres qu'elle ne signait toujours pas, hormis les bustes qu'elle réalisait d'eux là-bas à Villeneuve et même à Paris, leur demandant de poser les uns après les autres, et aussi les servantes qu'elle faisait asseoir des heures entières sur les chaises et les tabourets, oui chacun d'eux excepté la mère dont on ne connaîtrait aucun visage, aucun buste, pas plus que, se dérobant chaque fois et invoquant le travail qu'elle avait, on ne la verrait poser pour sa fille, à moins que, dit-on, n'en ressentant ni l'envie ni le courage, ni même un de ces élans un peu fous qu'on lui connaissait dans les moments de bonheur, elle-même n'en ait jamais fait la demande, si bien qu'à aucun moment de ses mains, de ses doigts dans la terre ou le plâtre, elle n'aurait caressé ce visage, ces épaules-là, il fallait croire qu'il y avait des visages, des épaules qui ne se laissaient pas caresser, et des regards faits pour ne pas regarder, ne rien voir de ce qui était là devant eux, et depuis si longtemps.

Oui sans doute cela ne faisait-il que commencer, partout dans les carnets, les albums elle les figurait, et bientôt chauffant la terre elle la pétrissait, pétrissait les corps qui s'étreignaient et s'abandonnaient, ces jours, ces soirs où l'on dit qu'elle travaillait jusqu'à l'épuisement, comme si ivre elle-même elle ne pouvait s'arrêter ; et quand elle réapparaissait, ils considéraient le visage qui changeait, et ces yeux qu'à présent elle leur dérobait, tandis que dans l'île Saint-Louis où il trouvait un logis il ne faisait qu'écrire, lui Paul, le soir fréquentant chez les poètes et les écrivains où parfois elle l'accompagnait, chez Mirbeau et chez Huysmans, et chez Mallarmé dont il disait qu'il était un considérable poète, mais pas si considérable, ajoutait-il, que Balzac, Bossuet et Chateaubriand, à vrai dire on ne savait lequel des deux accompagnait l'autre, il appréciait d'être là avec elle à qui l'on rendait hommage, elle prenait place dans un petit fauteuil vert près de la cheminée, les rayures de la robe se déployaient sur l'accoudoir, la passementerie brillante, et tous la regardaient et l'admiraient, et se taisaient sitôt qu'elle parlait, ces jours-là il était facile de parler, les mots, le bonheur étaient là, l'œuvre qui se faisait, il n'y avait besoin de rien d'autre.

Et alors disait-il, cette femme, c'était sa sœur dont l'amour s'emparait, et qui s'imaginait folle dans ce tournoiement, cette étreinte éperdue, et cette histoire, cette chose-là qu'elle leur donnait à voir, n'avait pas de sens, n'en aurait jamais, car c'était mourir et se perdre que vivre de la sorte.

C'était elle sans doute, ce ne pouvait être qu'elle, et bientôt, comme s'il ne pouvait comprendre, évoquant d'irréparables deuils et les choses perdues pour toujours, il s'en allait pour ces bouts du monde, ces villes, ces pays auxquels il ne faisait que penser, et quand on revenait de si loin où l'on était resté si longtemps, disait-il, on n'était plus le même, on ne pouvait plus l'être. Oui les derniers mois, les derniers temps à Paris, quand déjà elle essayait de se faire à cette idée, à cette absence et bientôt, notant chacun de ses départs et de ses retours, elle disait ce que c'était que de voir partir ceux qu'on aime, les voir monter dans des trains, des bateaux, et ce qu'il y avait d'adieux, de chagrin à rester là. Il partait pour l'Amérique, pour les États-Unis dont il connaissait à peine la langue, là-bas à New York et Boston où il évoquait la solitude et le manque d'argent, et quand deux ans plus tard en 1895 il était de retour c'était pour s'en aller à Shanghai. Il s'en irait à Shanghai et à Fou-Tcheou. Il s'en irait à Tokyo, en Indochine et au Brésil, et encore à Copenhague et dans les îles d'Amérique, et parfois l'accompagnerait-elle au train pour Le Havre et Marseille où il prenait ses bateaux, ou pour l'un de ces consulats d'Europe où on le nommait, il partirait et parlerait d'exils et de séparations, de retours plus tristes que les départs, quand disait-il on revenait plus étranger que l'étranger.

Oui comme s'il ne pouvait comprendre. Lui qui, parlant de mort et d'amours impossibles, à son tour se mettrait à aimer, et le plus follement qu'il était possible de croire ; qui pensant tout savoir et disant ce qu'il y avait lieu de faire bientôt aimait cette femme, cette étrangère rencontrée sur le bateau de Chine, là au beau milieu de l'océan Indien sous le ciel blanc de lune la femme aux grands cheveux blonds, et cela durerait si longtemps, cet amour, cette souffrance, qu'à nouveau il parlerait de mort et de fiel, et du temps que ça prenait pour mourir. À son tour, il aimerait, il ne ferait qu'aimer, et dirait un jour qu'avec cet amour-là il avait connu la mort qu'il lui fallait, qu'il avait connu cette femme. Et quand dix ans plus tard tout finirait de cette histoire, déjà elle serait, elle Camille, cette extravagante que plus personne ne comprenait, et alors on lui écrirait à lui, là-bas dans ses consulats de Prague, de Francfort et de Hambourg, pour lui apprendre combien l'état de sa sœur s'était aggravé et préoccupait les gens du quartier, lui demandant s'il était bien raisonnable de la laisser dans cet atelier dont, elle ne sortait plus et n'ouvrait même plus les volets, sans parler du tapage qu'elle faisait quand elle se mettait à cogner à coups de marteau sur les plâtres et les terres cuites qu'elle réalisait encore, ces morceaux de corps, mains, pieds et jambes qu'elle modelait comme du temps où elle apprenait, et le lendemain elle entassait les débris dans des charrettes qu'elle demandait qu'on lui amenât, et le tout gravats et poussières s'en allait à Aubervilliers du côté des fortifications, une de ces décharges qu'il y avait autour de Paris.

Dans le quartier on se plaignait d'elle et du bruit qu'elle faisait, et l'on racontait qu'il valait mieux qu'elle s'en aille, si bien qu'une fois encore ils en parlaient, la mère et lui, et pensant au jour où rien n'irait plus, commençaient à se renseigner, à chercher dans les parages une maison où l'on accueillît les gens comme elle. Ils prenaient des rendez-vous, et visitaient les maisons, les hospices dont on leur parlait. Et alors il gardait le silence, voilà ce qu'il faisait, ne lui disait rien de ce qui se décidait à son égard, considérant qu'il n'y avait à débattre ni même à parler d'une affaire comme celle-là, qu'il n'y avait plus rien à dire à une insensée qui se terrait derrière des volets toujours fermés et attendait Dieu sait quoi, qu'un jour peut-être quelque chose arrivât contre quoi plus personne ne pût rien. Il se taisait et ne disait pas même ça, qu'ils la mettaient chez les fous.

Ils la mettaient chez les fous et l'y laissaient, à Ville-Évrard près de Paris puis à Montdevergues sitôt que la guerre commençait, et taisant ce qu'il avait à taire il ne parlait plus, lui Paul, que du clocher bleu et des tilleuls de Villeneuve, des champs de colza, du vent froid de novembre. Des paysages terribles et de ce que ça avait été de grandir dans ce pays-là, si sévère, où ils n'avaient jamais eu à contempler que le ciel et d'interminables plaines balayées par les vents, et d'un coup disait-il les pluies commençaient et ne s'arrêtaient plus, rudes et violentes sur ces plaines, ce plateau désolé, comme étaient rudes et violents les gens qui naissaient et mouraient là, et ne faisaient jamais que se haïr et boire le vin de leurs vignes, cette gnole qu'ils fabriquaient et dont soir et matin, pour se donner courage, ils emplissaient leurs bols. Il parlait d'autrefois. Il évoquait Villeneuve et les années de là-bas, et plus tard quand à nouveau il parlera d'elle ce sera pour dire les souvenirs qu'ils avaient, les étés et les automnes d'autrefois, et peut-être aussi décembre quand il neigeait et qu'elle l'emmenait sur le plateau voir les pierres géantes, peut-être se souvenait-il de la neige sur l'herbe et le sable, et du sol qui lentement se creusait sous le talon des bottines, des jupes qui balayaient la neige et battaient les chevilles à chaque foulée, chaque avancée vers le haut, cela même qui barrait l'horizon, le maintenait quelque temps encore dans son mystère, si bien que la nuit tombait disait-il, et qu'il prenait peur, il parlait d'épouvante et de pays effrayant, jusqu'à ce que, montant jusqu'au plus haut, soudain il découvrît la fin des terres, très loin d'eux la ligne ininterrompue par quoi, sur la longue vaste plaine, le ciel doucement s'interrompait, alors il disait que de là-haut ils voyaient la mer.

Le vrai est qu'ils étaient toujours ensemble dans cette maison, ou sur la lande à regarder le vent pousser ses nuages dans le ciel, ils marchaient et marchaient dans le vent, et quand la bourrasque défaisait ses cheveux il ramassait les peignes et les remettait dans les mèches qu'il relevait sur les tempes et la nuque, et le soir dans ses cahiers il parlait de filles qui par une nuit très claire se ruaient et se bousculaient, et avaient de longues, lourdes chevelures et les yeux bleus comme la mer qu'on voyait au loin. Et bientôt, une autre année, cela leur semblait être si peu de temps après, ils se retrouvaient dans le grenier où, se mettant devant lui à son tour, elle le regardait et l'instant même ou le lendemain pétrissait la terre, le visage fier et le grand beau front, elle modelait le visage, le buste, elle disait que c'était Paul à treize ans, Paul à quatorze ans, et qu'elle ferait de même chaque autre année, chaque autre année disait-elle elle représenterait le visage, le buste de Paul.

Comme dit-on ces portraits qu'elle faisait d'eux là-bas, les figurant dans le plâtre et l'argile, ou encore les faisant poser les uns après les autres pour une de ces huiles ou de ces aquarelles qu'elle ne se lassait pas de peindre, et qui semaine après semaine garnissaient les murs de la maison, jusqu'aux servantes à qui le dimanche elle mettait des fleurs dans les cheveux et demandait de s'asseoir dans les fauteuils près des fenêtres, et alors elles restaient là le temps qu'il fallait sans bouger ni rien dire avec toutes leurs fleurs et leurs cheveux défaits, tandis qu'allant et venant devant elles elle peignait à gestes vifs, et parfois s'agaçant d'un de leurs gestes, une fatigue, une impatience qui les prenaient, ou quelque chose qu'elles disaient soudain, d'un mot, d'un regard elle leur faisait reprendre la pose; quand ce n'était pas, se rappelaient-elles, le plâtre qu'il fallait gâcher ou la pierre qu'elle leur demandait de tailler, il y avait des jours où la jeune maîtresse leur demandait de préparer la pierre, la dégrossir comme elle leur avait appris à faire, de sorte qu'elle n'ait plus qu'à y travailler la forme, ou encore disaient-elles, elles la suivaient sur le chemin des vignes, et l'aidaient à rapporter l'argile que plus tard elles montaient au grenier, et toutes les flaques qu'elles faisaient dans l'escalier, de ces rouges et ces bleus profonds que l'eau délavait, dégradait en azurs, en ocres pâles, et la serpillière qu'il fallait passer, ainsi que rafraîchir les jupes et les corsages. Là-haut dans ce grenier où malgré la poussière et la chaleur elle se retirait et on ne la voyait plus de tout le jour, si ce n'est parfois afin qu'on lui porte un de ces arrosoirs plein d'eau qu'elle demandait pour mouiller la glaise, cependant qu'à n'en pas finir elle modelait ses figurines, des femmes, des chats, des enfants, et même fabriquait les outils dont elle avait besoin et les étagères pour les figurines, et si elle n'y parvenait pas elle allait trouver le maréchal-ferrant et expliquait ce qu'elle voulait, si bien que là-bas chacun la voyait aller et venir, au village ils parlaient de sa gentillesse et de sa gaieté, ce n'était pas comme la sœur, disaient-ils, la cadette, qui les regardait de toute sa hauteur, ou même le frère qu'ils apercevaient quand, le traînant jusqu'aux carrières, elle lui demandait de tirer avec elle les sacs et des pierres si lourdes qu'ils n'arrivaient à rien, ils revenaient le lendemain avec le cheval et la voiture, ramassant ce qui restait là sur le sol et quand ils étaient de retour l'heure du dîner était passée, quand ils entraient c'est la mère qui parlait, qui demandait ce que tout cela pouvait bien signifier, et s'ils allaient continuer longtemps à n'en faire qu'à leur tête. Et parfois au travers des vignes courait-elle les mains pleines de terre jusqu'à la maison où elle l'appelait, et lui mettait dans les mains l'argile molle et tiède qu'elle lui demandait de battre, cela aussi il s'en souvenait, et bientôt n'en pouvant plus il se levait, et jetant devant lui le paquet de glaise grimpait au pommier du jardin d'où il observait la crête des collines et la forêt, et parfois la lune gagner le haut du ciel, quand il ne prenait pas le sentier du bois, le taillis au fond duquel, cessant de le voir et de l'entendre, à nouveau elle l'appelait et le cherchait. Et plus tard la brume se levait, c'était l'automne dans la maison froide, les chambres qui sentaient la pomme et les feux refroidis, et lui sous l'édredon de cretonne claire, dans le lit où certains soirs, trop agité pour dormir, il venait la rejoindre et bientôt se serrait contre elle et respirait sa chaleur, l'odeur des cheveux répandus sur l'oreiller, tandis qu'il lui demandait de parler et de raconter des histoires, et plus tard encore, à la fenêtre où ils allaient, ils comptaient les étoiles, un côté du ciel puis l'autre, le bas puis le haut, et tous les nuages clairs sur la voûte sombre où ils cherchaient des villes et des montagnes enneigées, des mers, des étangs pris dans la tourmente, il y avait des nuits où ils ne faisaient que ça, regarder les nuages et le ciel et compter les étoiles, comme, plus tard encore au jardin où, lui mettant ses chaussures et sur les épaules de quoi ne pas avoir froid, elle l'emmenait, et alors à force de scruter le ciel, les nuages et les étoiles bientôt ils dormaient sur le banc, une fois ou deux le matin on les trouvait là dans leurs chemises et leurs gilets mouillés.

Il parlera du passé, des années de Villeneuve. Le reste, il n'en dira rien, il ne voudra plus rien dire de ce qui la concernait, ni qu'avec la mère la retirant de cet atelier des quais, il la mettait chez les fous, et quatre ans plus tard elle y était encore, et alors elle leur écrivait à propos des journées très longues et de l'ennui dont elle souffrait, et aussi du froid qu'il y avait l'hiver dans ce pays, jusque dans sa chambre disait-elle où elle attrapait l'onglée et ne pouvait pas même tenir la plume, tandis que mois après mois elle demandait qu'on la sortît de là et parlait de cette cruauté qu'elle avait, elle leur mère, de ne pas lui donner asile à Villeneuve où elle promettait, si elle revenait, de ne pas déranger ni causer de soucis, ni même de bouger tellement à présent elle avait souffert ; elle avait tellement souffert, disait-elle, qu'elle ne pourrait s'en remettre, elle se tiendrait tranquille et se contenterait de peu, une mansarde, un bout de cuisine suffiraient.

Elle écrivait, elle continuait d'écrire, à la mère et à quelques autres auxquels, on ne sait comment, elle parvenait encore à envoyer ses lettres, le cousin Charles-Henri, Maria Paillette, et jusqu'en Pologne comme si elle n'y avait pas été pendue, cette Laetitia de Witzleben qu'ils avaient connue autrefois elle et lui, et dont ils parlaient encore. Malgré les recommandations de la mère, elle trouvait le moyen de faire parvenir ces lettres où il était question de réclusion et des calomnies dont elle était victime ; comme elle lui écrivait à lui, Paul, qui cette année-là, la dernière année de guerre, galopait au Brésil sur les plages de sable blanc, à Guaruja où il disait que le 25 juillet 1918 il se rendait en bateau, puis le 29 du même mois à Sao Paolo par la Serra, les brouillards et les fazendas, il parlait de la beauté du Brésil et de la terre qu'il y avait là-bas, brune, fine et si veloutée qu'on eût dit du tabac.

Et bientôt à Montdevergues ils faisaient leurs propres lettres à la famille, et se félicitaient du calme et de la sagesse dont, malgré l'ennui et les récriminations, mademoiselle Claudel témoignait à présent, et se seraient pareillement félicités qu'elle voulût bien reprendre le modelage, de sorte qu'ils auraient sorti les figurines pour les visiteurs, et les auraient disposées dans les couloirs et les vestibules afin qu'on pût les admirer, là-bas chacun, fût-ce les pensionnaires dans les ateliers, chacun disaient-ils avait de l'ouvrage. Ils parlaient de docilité et des bons rapports qu'elle entretenait avec chacun, et suggéraient qu'on la rapprochât des siens qu'elle réclamait toujours autant. Ces lettres qu'elle, Louise-Athénaïse, recevait chaque première semaine du mois dans sa maison de Villeneuve, et auxquelles elle répondait qu'elle ne voyait pas comment la malheureuse, dans l'état où elle se trouvait, pourrait sortir de cet asile ni d'aucun autre, ni même comment à l'âge qu'elle avait maintenant, elle sa mère, elle saurait la prendre en charge, et avec la lettre elle envoyait un colis, de la nourriture ou quelques habits, espérant qu'ils feraient l'affaire et que bientôt tout rentrerait dans l'ordre.

Et c'était les mêmes feuilles gris pâle finement rayées, la même écriture penchée, pointue, et très soignée, que du temps où, soucieuse de lui marquer son intérêt pour avoir accepté sa fille dans son atelier, et peut-être aussi l'admiration qu'il fallait, elle conviait le maître à ses dîners de Paris, ou même à Villeneuve où l'été ils se retiraient, conviant de la même façon la concubine Rose Beuret qu'elle pensait être madame Rodin, à qui elle priait le maître de transmettre ses meilleurs compliments, et alors au dîner ils étaient là autour d'elle, très droite dans sa robe sombre aux col et poignets de taffetas noir, patiente et mondaine et faisant la conversation, questionnant le maître sur son art et toutes ces choses qu'il avait à dire, tandis qu'elle comptait le temps qu'il allait falloir rester là à parler et sourire et paraître s'intéresser.

C'était les mêmes feuilles et la même écriture, les mêmes lignes soigneusement tracées, et bientôt elle ne tardait pas à comprendre, elle comprenait et n'écrivait plus rien, et c'en était fini de ces politesses et courtoisies à quoi elle s'efforçait, et elle n'avait plus à le convier à sa table, ni lui ni qui que ce fût d'autre, tandis qu'à propos de cette fille-là, son aînée, bientôt elle parlait de déshonneur et d'opprobre et de descendances maudites.

Elle comprenait, elle ne pouvait que comprendre, ce jour où sans crier gare elle pénétrait dans l'atelier du boulevard d'Italie et la trouvait là en train de les figurer tous deux, l'homme et la femme qui dansaient, très nus, très amoureux, et s'abandonnant si fort à l'amour que c'en était à peine concevable, elle avait beau fermer les yeux, respirer à grandes bouffées l'air âcre, humide de l'atelier, elle avait beau s'étouffer pour toujours, elle ne cessait plus de voir ce qu'elle voyait, la femme très nue, très abandonnée qu'elle, sa fille, modelait à n'en pas finir, et le malheur, la honte qu'une telle chose fût possible et qu'elle eût à la connaître, appelant alors le frère et le sommant de dire ce qu'il pensait de cette histoire, oui ce qu'il en pensait, et s'il pouvait encore la défendre, cependant qu'il se tenait là devant elle immobile et silencieux, et que plus tard, revenu chez lui, il commençait d'écrire, les représentant chacun d'eux, Mara et Violaine et Jacques Hury, on pouvait les reconnaître, qui d'une même voix déjà la répudiaient elle la sœur, la séquestraient derrière d'invisibles barreaux, d'invisibles prisons. Oui les représentant, chacun d'eux, jusqu'à la mère qu'il n'omettait pas de figurer et qui vingt ans plus tard, se lamentant auprès de qui voudrait bien l'entendre, la ferait enfermer, on ne pouvait dirait-elle laisser plus longtemps cette sœur, cette fille-là en liberté, dans ce quartier, cette maison où vivaient des gens honorables qui n'apercevaient plus que des volets fermés, et des chats rôder dans les cours, et ne la voyaient plus elle, si ce n'est à la nuit tombée lorsqu'elle sortait chercher de quoi manger un peu, quand ce n'était pas des gens du quartier qui déposaient dans les bacs des fenêtres les œufs, les fruits ou le morceau de fromage avec quoi elle souperait, vivant là recluse comme si à se montrer elle avait couru quelque danger, au milieu de tous ces chats – combien pouvait-il donc y en avoir ? – qui miaulaient et pissaient partout. Alors, disait-elle, être enfermée ici ou ailleurs où donc était la différence, oui où était-elle ?

C'est ainsi que je la vois, assise sur ces chaises où il la trouvait quand il venait, si longtemps parfois qu'elle sentait ses jambes, ses genoux devenir douloureux, elle sentait la douleur revenir à l'arrière de la jambe, et plus tard marchant sur ces allées qui traversaient le parc, allant et venant depuis le petit pavillon où elle logeait jusqu'aux bureaux de la cour d'entrée, oui quand là-bas, me semble-t-il, elle ne faisait plus rien d'autre que descendre et monter le sentier, la sorte de raidillon bordé de cèdres et de cyprès par quoi l'on gagnait l'allée principale et plus loin les bureaux de l'administration.

C'était le matin et parfois l'après-midi, et arrivée là elle demandait ce qu'elle avait à demander, une lettre, un colis, ou qu'on lui donnât du papier pour faire une lettre, et s'il faisait beau elle marchait dans le bas du parc où pénétraient les voitures et les chevaux, et parfois s'asseyait sur le banc devant la chapelle comme avec lui quand il venait, et alors se souvenait-elle, ils restaient là sur ce banc à parler d'autrefois et de toutes ces choses qu'ils avaient gardées en mémoire, ils parlaient de la mémoire très grande et du mal que c'était de se souvenir. C'était comme si elle n'avait jamais fait que cela, aller et venir sur les allées, dans ces robes, ces manteaux qu'elle portait, sans âge ni mode, et l'étoffe en était parfois si passée qu'on voyait aux plis des épaules ou de la taille des lignes d'une couleur plus sombre ou plus pâle, et le chapeau d'année en année plus grand sur le crâne, le visage qui s'émaciait, et qui à présent, au lieu d'être posé sur le casque opulent des cheveux, enfouissait les tempes et le haut du front, avec ce sac, ce réticule d'où on la voyait extraire un carnet ou une lettre et commencer là, sur le banc, la chaise où elle s'installait, à les parcourir.

Elle n'avait jamais tant marché, c'est ce qu'elle disait, elle marchait dans ce parc, sur ces allées où elle aurait pu aller les yeux fermés et connaissait chaque arbre, chaque commencement de sentier, et aussi ce qu'elle apercevrait dès qu'entre deux cyprès, deux grands chênes verts, elle s'arrêterait pour prendre souffle, et quand par le même chemin, le même étroit raidillon aux marches creusées à même la terre, elle remontait, elle voyait, si c'était le soir, le soleil passer derrière le clocher et colorer, d'une dernière douce, poignante lumière le toit des bureaux et des premiers pavillons, et arrivée là-haut, s'installant à la table dans la lumière des lampes, elle commençait ses lettres à la mère et à Paul, ou encore à ceux, de moins en moins nombreux, dont elle se souvenait et qui parfois répondaient encore, et quand elle n'avait plus d'encre elle écrivait au crayon, jusqu'au nom et à l'adresse qu'elle inscrivait avec de grandes lettres soigneuses sur l'enveloppe ou la feuille qu'elle repliait tout aussi soigneusement. Toutes ces lettres, ces billets qu'elle continuait de faire pour se plaindre et demander qu'on la sortît de là, et si longues qu'elle les cousait pour que les pages ne s'en mêlent ou ne s'égarent, ne se dispersent comme feuilles dans la bourrasque, et alors disait-elle elle aurait été encore plus seule, encore plus perdue, avec du fil et une aiguille elle cousait la lettre, lentement, point après point comme si elle assemblait les pans d'une jupe, d'un rideau, elle assemblait la lettre et allait la remettre au facteur à qui elle la recommandait tout particulièrement.

Et cela avait duré quinze années qu'elle avait comptées et recomptées et durant lesquelles, lettre après lettre, elle avait demandé que sa mère prît le rapide et vînt la voir, la sortît de chez ces fous où elle dépérissait, et la mère était morte sans jamais prendre le rapide ou quoi que ce fût d'autre pour aller là-bas, ni rien dire que ce qu'elle disait depuis le commencement, à savoir que tout n'était qu'habitude et qu'avec le temps on se faisait à tout, oui un jour elle finirait bien, elle Camille, par se faire à cela, cette maison, cet éloignement, et à ce moment-là elle avait plus de soixante ans, non pas la mère mais la fille, elle en avait même bientôt soixante-dix, et disait qu'elle ne pouvait oublier, si bien qu'un jour elle ne demandait plus rien, et s'asseyait là sur ces chaises d'où elle ne bougeait plus, vieille, si vieille que lorsqu'il venait il peinait à la reconnaître.

Oui ce jour inconnu d'elle où, malgré les suppliques, les plaintes et les reproches, sans même savoir elle renonçait, ce jour qui, d'une invisible ligne, d'une invisible frontière, une dernière fois marquait le temps d'avant et le temps d'après, l'impossible, douloureux partage, et le dernier de tous. Le jour venait où elle n'avait plus rien à dire ni demander, où la révolte, la colère n'avaient plus même de sens, ce jour-là venait, et alors n'était-elle pas là, enfermée et repentante, et soumise comme il désirait qu'elle fût, sans plus rien à faire qu'il eût à réprouver, avec, écrivait-il dans ses livres, cette figure claire et dessinée devant lui comme un plan d'église, bien calculée avec la règle et le compas? Soumise comme elle ne l'avait jamais été, et marchant sur ces allées, dans ces jardins, ce parc où elle ne rencontrait plus que des malades et des fous, et elle n'en sortait plus, elle vivait là quinze autres années, les dernières, et cela ferait trente au total, les jours de beau temps errant là-haut parmi les arbres et les garrigues et pensant à lui qui peut-être n'allait pas tarder à venir, à chaque commencement de printemps se disant qu'avec la belle saison elle le verrait peut-être arriver, si bien qu'elle descendait aux bureaux et demandait s'il n'y avait pas de lettre pour elle, l'associant lui Paul aux ciels bleus, à la douceur de l'air, à cette sorte d'accalmie, de trêve qu'on sentait autour de soi, ignorant encore que chaque été, chaque printemps des années qui venaient elle l'attendrait de la même semblable façon. Il y aurait chaque fois ces jours de ciel bleu où elle commençait d'espérer sa visite, et parfois il venait, il disait qu'il avait pu venir, et les autres fois, les autres années elle ne le voyait pas, il était au Brésil durant que la guerre s'achevait ou à Washington, Copenhague et Tokyo, elle ne le voyait plus et comptait les années, les saisons sur les carnets, ainsi que le jour et le mois des visites, et chaque fois dans ses lettres leur parlait des maisons de fous, écrivait que ces maisons-là étaient des maisons pour faire souffrir et qu'on n'y pouvait rien, ni elle ni ceux qui étaient là avec elle, surtout disait-elle quand personne jamais ne venait les voir. C'est ce qu'elle disait.

Et alors on la voyait descendre et monter ce sentier sous les arbres où elle glissait quand il pleuvait, venant chercher le café, le beurre et le chocolat de chez Félix Potin, ainsi que les bas, les pantoufles qui complétaient le colis, quelque chose d'un peu chaud pour l'hiver, et parfois encore des habits, le manteau, la robe ou bien ce chapeau brun, très sobre, très convenable que la mère lui envoyait à la fin de la guerre, d'année en année plus grand sur la tête, le crâne qui allait s'émaciant, le chapeau de vieille paille qu'on lui voyait sur la photo, l'une des dernières, prise par Paul ou l'un de ses fils, Pierre ou Henri, plus probablement par Jessie Lipscomb ce printemps 1929 qu'elle voyageait sur la Riviera, si bien qu'elle aurait, elle Camille, soixante-cinq ans, elle est assise sur la chaise devant le pavillon et regarde l'objectif de son air triste, les mains croisées dans le creux de la robe, l'étoffe grise ou brune qui apparaît dans l'entrebâillement du manteau – on lui dirait de ne pas bouger, et qu'elle reste là assise sur sa chaise les mains croisées dans le pli des jupes, l'étoffe sombre où s'entrevoyaient des lignes d'une autre couleur, des sortes de rayures pâles dans l'écartement du manteau. Qu'elle reste là, une dernière fois, sans bouger ni rien dire, le temps de prendre la photographie qu'ils voulaient avec le chapeau et le manteau, et on n'en trouvera plus d'autre dans les papiers, cette photo-là sera la dernière de toutes, et ce devait être l'automne ou même le début du printemps, on dirait sur le sol tout près d'elle une vieille, très vieille feuille morte roulée là par le vent.

Elle était là sur la photographie, vieillissant sans rien dire, et bientôt à nouveau elle allait et venait sur l'allée et le sentier avec ses colis ou les feuilles de papier qu'en bas on lui donnait, ou bien était-ce les pommes de terre et les œufs qu'elle demandait, disant qu'elle ne voulait plus manger de leurs soupes et de leurs ragoûts calcinés, le soir dans la chambre elle faisait cuire les œufs et les pommes de terre et assurait que ça lui suffisait bien, qu'ils n'avaient pas besoin, la mère et lui, de payer pour elle le prix des premières classes, non ils n'avaient pas besoin, d'autant que ces chambres-là disait-elle manquaient de tout, de linge propre, d'édredon, et même de seau hygiénique, rien que des méchants lits de fer où elles grelottaient la nuit entière. Oui allant et venant sur les allées et les sentiers où elle boitait chaque jour davantage, et parfois s'asseyant sur une marche ou le banc devant la chapelle elle se reposait un instant, et pensait à lui qui était au bout du monde dans ses consulats, ses ambassades, et écrivait tant de livres. Qui parlait des pays où il était, où il restait des années entières, la Chine, le Japon, ces mondes qui leur avaient toujours semblé mille fois plus proches que les villes, les villages d'à-côté, elle se souvenait de tout ce qu'ils rêvaient, elle se souvenait de tout ce que pour eux devait être la vie.

Quand il arrivait c'est là qu'il la trouvait, à demi endormie à force d'attendre, dans ses habits trop larges et la tête affalée sur la poitrine, alors il la regardait, debout devant elle il restait un moment à contempler le visage amaigri et fatigué, les paupières fatiguées et si transparentes que s'y voyaient les petites veines, le sang qui battait à même la peau, elle Camille dans sa vieille robe, son vieux manteau et ces chaussons de feutre vert qu'elle ne quittait plus, et quand elle ouvrait les yeux il était devant elle, parlant à voix basse et disant qu'il était arrivé, que la route avait été longue et qu'il avait mis plus de temps qu'il n'aurait voulu, elle sursautait, d'un geste lissant sa coiffure ou, sur les genoux l'étoffe froissée de la robe, puis d'un bras tirait pour qu'il s'y asseye un moment l'autre chaise, ils restaient là un moment et partaient sur les allées, de moins en moins loin, de moins en moins longtemps, ils disaient qu'à présent ils se fatiguaient davantage, et plus tard revenant au pavillon, à la petite chambre, ils buvaient le thé qu'il rapportait de Chine, ou celui qu'avait offert Jessie Lipscomb quand elle était venue, ils regardaient les photographies ; l'un près de l'autre sur le petit lit, l'étoffe de la courtepointe où elle disposait les photographies qu'elle détachait du mur et des punaises qui les fixaient tandis que, les prenant les unes après les autres, ils se penchaient sur le papier encore brillant dont les noirs et les gris s'estompaient jusqu'à devenir cette pâle couleur brunâtre où les visages, les regards semblaient vouloir s'effacer et reprendre leur mystère, leur insondable distance, et parfois se levant et s'approchant de la fenêtre pour mieux voir ils se souvenaient du jour et de l'année et de ceux qui étaient là avec eux, elle disait qu'elle n'oubliait pas, qu'elle ne faisait que se souvenir, et il répondait de cette voix toujours rude et forte malgré la douceur, la tendresse que ces jours-là il essayait d'y mettre. Avec elle parlait des photographies qu'elle avait avec les punaises alignées sur le mur, et trois d'entre elles dans un cadre qu'un soir elle taillait d'un morceau d'écorce, cherchant lui aussi dans sa mémoire les années et les saisons et les noms de ceux qui étaient là, il cherchait et se souvenait jusqu'à, dirait-il un jour, éprouver cette tristesse, cette envie de pleurer, et bientôt ils n'avaient plus rien à dire et se taisaient, tous deux sur ce lit d'où elle se levait pour aller remettre les photographies à leur place sur le mur, et plus tard le jour tombait, de derrière la colline ils entendaient les chevaux qui rentraient, les hennissements, alors il disait qu'il se faisait tard et qu'il lui fallait partir, ils pouvaient sentir, avec le soir, les cyprès et les odeurs qu'il y avait dans les allées, ils parlaient des odeurs, des parfums pendant qu'ils descendaient, elle se souvenait de l'accompagner, de descendre avec lui jusqu'à la petite place où il garait la Packard, tandis que déjà elle ne le voyait plus, elle regardait au loin, le plus loin qu'elle pouvait, si raisonnable alors et résignée, elle allait avec lui jusqu'à la voiture et restait là immobile et sans rien dire contre la portière jusqu'à ce que, dans un bref crissement de pneus sur les gravillons, il reculât, et par la vitre une dernière fois il se tournait vers elle et lui disait adieu, à bientôt, le plus tôt qu'il pourrait.

Et parfois trop fatiguée pour l'accompagner jusqu'à la voiture, elle restait là-haut sur sa chaise à le voir descendre et regagner la petite place, apparaître puis disparaître entre les toits et les frondaisons, jusqu'à ce que bientôt il ne soit plus qu'un imperceptible point sombre qu'un coup de vent entre les branches faisait s'évanouir, plus tard elle parlait du cyprès contre la porte et des grands chênes entre lesquels elle essayait encore de l'apercevoir. Fatiguée elle l'était, c'est ce qu'elle disait, et qu'à présent la nuit elle ne dormait plus, elle pensait toujours aux mêmes choses et à eux qui étaient si loin, alors elle commençait une lettre où elle disait ce qu'elle n'avait pas eu le temps de dire, et combien ces absences, ces départs étaient éprouvants, l'avaient toujours été, et le lendemain et les jours qui suivaient elle retournait aux bureaux où elle demandait qu'on postât sa lettre, et cela fait remontait, traînant la jambe sur les allées, les sentiers où on la voyait ralentir le pas et parfois s'arrêter, reprendre souffle contre un mur ou un tronc d'arbre, elle était fatiguée disait-elle, elle disait que là-bas elle ne faisait rien mais qu'elle était fatiguée.

Et peut-être ces jours-là, ces jours d'été qu'il venait, l'emmenait-il avec la voiture, peut-être avec la Packard allaient-ils se promener un peu plus loin, dans Avignon ou jusqu'à la Durance dont parfois il parlait, très bleue, très brillante dans le soleil la Durance qui coulait tout en bas derrière les bois. Ils descendaient avec la voiture puis s'asseyaient sur les cailloux du bord de l'eau, ou bien marchaient-ils un peu, allaient et venaient l'un près de l'autre de ce pas lent qu'ils avaient, elle se taisait, comme lui contemplant la rivière, et bientôt ils revenaient, il se faisait tard et le soleil déclinait, dans cette lumière très douce qu'il y avait, cette blondeur dans le ciel, et il pensait – et peut-être elle aussi pouvait-elle encore le penser, peut-être restait-il en elle suffisamment de vie pour qu'elle pensât une chose pareille – que cela, cette douceur, cette lumière, étaient pires que tout, et qu'il eût mieux valu un ciel de tourmente et tous les nuages qui allaient avec, noirs, déchiquetés et poussés par le vent, un orage peut-être et une pluie violente qui auraient dit le chagrin et le désastre, et l'insidieuse, la poignante fin des choses. Peut-être ces jours-là malgré le repli et le renoncement souffrait-elle encore de l'insidieuse, poignante fin des choses, comme autrefois l'amour à quoi elle renonçait, cela avait duré si longtemps, ce renoncement, ces jours, ces mois où considérant qu'il fallait en finir chaque fois elle s'était éloignée, puis oubliant les griefs et les chagrins et pardonnant peut-être les promesses non tenues, un soir dans les musiques tziganes d'un restaurant, dans des griseries et des mots inoubliables, et sur les nappes blanches toutes les roses qu'il lui offrait, lui Rodin, heureuse, apaisée elle le retrouvait ; oui quand cela durait si longtemps, ces jours où elle partait et revenait pour s'éloigner à nouveau, se demandant ce que c'était que cet amour-là, et pourquoi ils ne pouvaient ni être ensemble ni se séparer.

Peut-être eût-il mieux valu, jusque là-bas où elle était, de grands beaux ciels de tourmente, et des pluies, des orages qui auraient apaisé, il l'emmenait en automobile jusqu'à la Durance, ou bien restait-il à marcher avec elle dans le parc, il disait qu'il faisait beau et qu'ils pourraient marcher un peu, ils partaient sur l'allée, les ifs et les cyprès en haut de Sainte-Catherine et, passant les derniers pavillons, prenaient encore parfois le sentier de la colline, et plus tard le vent se levait, ils pénétraient dans la petite chambre où l'un près de l'autre ils regardaient les photographies, se souvenant des visages et de ceux qui étaient là, dans les gris et les bruns, des sortes de couleurs que le temps aurait estompées et fanées, cherchant les noms et les dates et se demandant ce qu'ils étaient devenus, et c'était des images si lointaines et d'un temps si reculé qu'ils pouvaient croire que rien de tout ça n'avait vraiment existé, tous les deux l'un près de l'autre sur la vieille courtepointe, l'étoffe usée et brillante qui par endroits laissait échapper, en touffes rêches et grises, la laine qui la garnissait, tous les deux l'un près de l'autre ils évoquaient les souvenirs, et ce pouvait être les mêmes interminables étés de Villeneuve, la grand-place écrasée sous le soleil tandis que la vieille Hélène emplissait les bassines du jardin, et bientôt ils plongeaient dans l'eau déjà tiède où parfois tombait encore, sèche et grise et si parfumée, une fleur de tilleul, ils s'éclaboussaient en riant, oui ils se rappelaient, Villeneuve et les étés dans la grande plaine, et elle plus tard, elle n'avait pas vingt ans, qui courait dans sa robe blanche, elle Camille cet été-là, l'été 1886 qui dansait et chantait sur le chemin des vignes, et bientôt revenait très joyeuse et l'appelait dans toute la maison. Il l'observait, il observait le visage qui vieillissait, les grands yeux ternis, et se souvenait d'elle dans le soleil de juin, qui chantait et dansait le long des vignes, et bientôt était tout près de lui dans sa robe blanche étincelante de soleil, tandis que le vent se levait, le vent dans les cheveux, la longue et chaude chevelure qui d'un coup se déployait contre lui qui fermait les yeux et n'en disait rien, ne voulait rien en dire, ni de la sœur très aimée, ni de tout cela qui les portait comme une grande, très grande vague par-dessus le monde. Il s'était toujours souvenu d'elle dans le soleil de juin, plus tard à Tien-tsin il dirait qu'il la voyait encore au blanc du soleil avec ses cheveux qui se défaisaient dans le vent, il parlerait, cette année 1909 où il serait en Chine, d'âme à lui toute pareille, de femmes, de chevelures et de soleils dans le blanc de l'été. Et bientôt elle voyait le soleil passer derrière les arbres, elle pensait au jour qui finissait, et sans doute à ce moment qui venait, ne pouvait que venir, quand elle le verrait se lever et dire qu'il lui fallait rentrer, si bien que déjà elle ne l'entendait plus et n'écoutait plus rien de ce qu'il disait, pas plus qu'elle n'avait le courage de le regarder, elle se détournait et observait par la fenêtre un point du ciel entre les cimes des arbres, ou bien baissant les yeux elle fixait ses mains qu'elle tournait et retournait l'une après l'autre pour en contempler le dos noué de veines bleuâtres et comme desséchées, puis plus longuement les paumes qu'elle déployait comme pour y retrouver on ne sait quelle vieille et douloureuse habitude, une pensée, une tristesse dont elle n'aurait pu se défaire. Les belles et fortes paumes par quoi à présent elle n'osait même plus, dans un de ces gestes d'autrefois, lui prendre le visage, et alors ils restaient là un moment à se regarder, à ces moments-là ils se regardaient encore.

Cet été 1886 où elle courait sur les chemins, l'année même ou celle d'après peut-être, quand parmi les malles et les cartons ils posaient pour cette photographie sur le quai d'une gare, lui dans un costume d'étoffe claire trop petit déjà, on remarquait les manches et le pantalon trop courts et le tissu malmené par des épaules déjà vigoureuses, et elle avec cette robe de lin bleu à rayures et le petit chapeau d'été juché sur le casque des cheveux, ils oubliaient où ils allaient, ils oubliaient qui les photographiait, ils se souvenaient d'un juillet très chaud et du train qu'ils prenaient ensemble, et c'était peut-être disaient-ils pour Villeneuve, ils se souvenaient des trains qu'ils prenaient jusqu'à Fère ou Château-Thierry où les attendait le père avec le cheval et la carriole dans laquelle bientôt, entassant les cartons et les malles d'osier, ils gagnaient le village par la grand-route et parfois les chemins dans la plaine où l'on fauchait les blés, et elle commençait à chanter, ils se souvenaient qu'elle chantait de plus en plus fort tandis qu'ils traversaient les champs et toutes les odeurs qu'il y avait là, chaudes, enivrantes, et le père et lui souriaient et se regardaient, ils disaient que c'était un bel été. Oui ce pouvait être cette année-là le train qu'ils prenaient pour Villeneuve, ou un autre été quand ils se rendaient à Wight et restaient là-bas tout un mois à se baigner et arpenter les grèves, et alors elle peignait et dessinait la mer très bleue, très brillante, la dune et les herbes dans le vent, et le soir devant lui lisait Rimbaud à haute voix.

À Wight peut-être aussi où on la voyait marcher sur le sable d'une plage, et le vent balayait les jupes et les cheveux tandis qu'elle souriait, ivre de mer et de vent, de bonheur tout un été, heureuse du vent frais et du ciel clair sur la mer, du bruit de l'eau, elle parlait du bruit de la mer, du bonheur que c'était de l'entendre. À moins que ce n'ait été dans ces années-là – on reconnaissait la robe et le chapeau – un autre pays, une autre plage, et cette fois elle aurait été avec le maître, elle se souvenait de voyages avec lui, et d'aller vers le nord dans le matin frais de printemps, le ciel gris lavé de bleu, de clair, et parfois un nuage de pluie crevait en minces filets obliques sur les vitres du train, l'eau ruisselait tremblante et fragile. Dieppe ou Wimereux, Sainte-Marine peut-être, la petite villa qu'ils aimaient sur la dune avec ses boiseries et ses lumières douces, ses grandes fenêtres sur la mer, et parfois la nuit tombait ils étaient encore à marcher sur le sable, ils pouvaient entendre le pas des chevaux qui rentraient, ou dans la nuit le bruit d'un grand oiseau de mer. Elle se souvenait de courir sur une plage de sable clair, et des nuits de vent, le vent mugissant contre les volets et les réveillant dans les petits matins pâles où, de froid, d'amour, elle se blottissait contre lui. Les petits dîners à deux, et les huîtres dont elle raffolait, le vin qu'ils buvaient. Le pardessus gris qu'une fois il oubliait là-bas, et la tristesse des retours. Ces jours, les derniers, à la mer avec lui, dehors les feuilles tombaient, tournoyaient doucement, quand le vent se levait elle les voyait courir et voler jusque sur la grève, le peu de sable qu'il y avait. De la robe mouillée quand elle s'affaissait sur le sol, doucement, dans un bruit sourd d'étoffes froissées, il était là immobile, avec sur le visage cette sorte de souffrance, d'insupportable tristesse, et bientôt elle lui faisait face, désireuse encore de lui, des mains larges puissantes que bientôt il poserait sur elle, ses mains d'homme fort et vigoureux, d'homme qui disait comment les choses devaient être, jusqu'à ce que, épingle par épingle défaisant ses cheveux, elle se levât et vînt vers lui, le regardant à son tour, regardant les yeux, les lèvres, le corps qui se dressait devant elle. Oui ces jours, ces soirs à Sainte Marine, ce devait être Sainte-Marine, et la robe sur le sol, en même temps que le sable mouillé tombant épars sur le bois du plancher, l'infinie lenteur des gestes qu'il avait alors, plus fort, plus vigoureux que jamais parmi les cris et cette sorte de folie qui le gouvernait, tous ces mots qu'il criait à même sa peau, à même ses lèvres. Et sa bouche, pour finir, au creux de l'aisselle, où il restait, les yeux fermés. Immobile longtemps. Une de ces années où encore elle le quittait, un de ces moments peut-être où décidant que tout était fini, elle disait qu'elle se garderait de lui, elle se souvenait qu'en revenant de la mer elle se le promettait, et sans doute cette fois-là comme d'autres qui suivirent passait-elle à l'acte, si bien que, pour adoucir la souffrance ou simplement se griser à nouveau, elle se laissait aimer, elle s'offrait à l'amour, et une fois c'était le jeune, le tendre Debussy qui succombait à la beauté, à la fougue et à la force rieuses, ainsi qu'à cette façon qu'elle avait de voir le monde et de le rêver. Debussy qui cette année-là, dit-on, revenait d'Italie, et un soir, chez Mallarmé où il la rencontrait, commençait à l'aimer, et pour elle d'autres soirs, des soirs entiers dans des appartements qu'on leur prêtait, se mettait au piano et jouait les airs qui lui venaient, et cela durait ce que cela durait, deux ans, trois ans à ce que l'on sait, et l'on sait aussi que lorsqu'elle s'éloigna il l'aimait encore ; il l'aimerait toujours, et dirait qu'elle était le rêve d'un rêve, et aussi le chagrin que c'était d'aimer cette femme-là. Il dira qu'il l'aimait vraiment, lui Debussy, et qu'il ne pouvait oublier les mots qu'elle avait prononcés quand elle s'était éloignée, dure, insensible, et ne voulant rien, écrivait-elle, qui l'eût engagée près de lui. Il parlera de toutes ces années où ils s'étaient connus. De l'Italie d'où il revenait, et de ce soir de septembre 1887 chez Mallarmé où il la rencontrait, assise près du feu dans le petit fauteuil de soie verte. Et alors il gardera sur la cheminée de son salon ces deux-là qu'elle avait figurés dans le bronze, l'homme et la femme qui s'aimaient, ne pouvaient que s'aimer, il gardera la valse magnifique dont on ne sait si elle la lui offrait ou si lui-même en faisait l'acquisition, l'homme et la femme arrêtés immobiles dans leur danse d'amour, dans le temps qui ne bougeait plus.

Elle ne savait plus avec qui elle se rendait à la mer cette année-là, ni lequel des deux la photographiait sur la plage de sable clair, elle se souvenait seulement qu'elle prenait le train pour la mer, elle se souvenait d'ivresse et de bonheur, et de ces deux hommes-là qu'elle aimait, ne faisait qu'aimer, les revoyant chacun d'eux, le frère, l'amant, comment savoir, quand elle pensait à l'un elle pensait à l'autre, consentante ou indécise, mais toujours revenant à cette force, cet amour de grief et de colère contre quoi elle ne pouvait rien, si ce n'est parfois le rejeter et dire que tout était fini, comme finissait, s'enfouissait dans le passé – et si cruellement que c'était mourir – cela même qu'elle désirait et rêvait, et chaque jour donnait le bonheur, oui lorsque cela qui donnait le bonheur ne pouvait jamais que basculer dans d'incommensurables, douloureux abîmes. C'était la nuit, toujours la nuit, quand étendue à demi recroquevillée sur le lit à attendre le sommeil lui revenaient les mêmes obsédantes images, les mêmes plaintes et les mêmes exigences, quand pensant à lui, Rodin, et l'accusant de tous les maux, elle en venait, de colère et de rancœur, à perdre le sommeil.

Ces jours de l'été 1890 où le laissant à Paris elle partait seule pour Islette, si triste et lasse qu'autour d'elle on s'interrogeait et les langues allaient bon train, on parlait du repos qu'elle devait prendre et de la fatigue sur le visage pâle et maigri, oui la tristesse qu'on lui voyait cet été-là et les mots qui sortaient à peine de la bouche, des lèvres plus lourdes, plus amères, personne ne savait encore ce qui arrivait ni pourquoi elle partait seule, lui écrivant qu'elle se reposait et qu'il lui manquait, qu'elle dormait nue dans le lit en pensant à lui. Elle écrivait et demandait qu'il vienne, disant que bientôt elle irait mieux et qu'ils se baigneraient dans la rivière, demandant même qu'il lui achète un costume de bain, une blouse et un pantalon en serge bleue avec des galons blancs comme elle en avait vus dans le catalogue du Bon Marché. Elle parlait de l'odeur des foins et de la chaleur très douce, elle parlait du bel été et l'embrassait, alors malgré la fatigue et la tristesse du regard on pouvait croire encore au bonheur d'être ensemble, à tout le moins ces plaisirs qu'ils semblaient se donner, tout n'en avait-il pas l'apparence, le château, l'été radieux et elle qui, parlant de baignades et de paradis à venir s'il tenait sa promesse, l'attendait, ne faisait que l'attendre. Le soir ils dînaient dans la serre aux orchidées, elle portait la robe pervenche qu'elle ceinturait de mousselines claires, et nattait ses cheveux autour de la tête, ses yeux brillaient de tout le bleu qu'ils avaient, il n'oubliait pas ce visage-là, il se disait qu'il l'aimait ainsi, plus pâle et lasse, plus belle encore.

Il ne l'oubliait pas, et bientôt la figurait, figurait la petite tête fatiguée sortant du plâtre comme d'une mer, d'une nuit profondes, avec contre le visage ces mains dont on parlerait, tout près du visage les mains qui semblaient devoir le protéger, qui protégeaient les lèvres et les choses à ne pas dire peut-être, les mains fines et délicates, dont l'une était si frêle et menue que c'était à n'y rien comprendre. On parlait des mains qu'il lui donnait, si différentes, on disait que l'une d'elles était une main d'enfant, on ne savait pourquoi il lui donnait cette main-là, une main de petite fille. On parlait des mains, et du visage étrange, comme égaré. De son amour pour elle, qui sitôt revenue à Paris prenait ses distances et le lui écrivait, joignant à la lettre, qu'elle commençait comme toutes les autres en l'appelant monsieur Rodin, joignant le dessin d'une vieille avec son balai et non loin de là, nu comme elle, l'homme assis dans ses chaînes, et quand elle montrait le dessin chacun savait de qui elle parlait, le maître qui l'aimait et disait que son âme lui appartenait, et l'autre avec qui il demeurait, la concubine qu'il ne quittait pas, non plus que ce fils à demi débile qu'il lui avait fait trente ans plus tôt et même cette année-là à ce qu'on disait un deuxième enfant, alors que revenue d'Islette elle n'en finissait pas, elle, de se remettre, et que chacun s'interrogeait sur ce qui s'était passé là-bas. Oui cette année-là, l'année 1891, les langues allaient bon train, et qu'il lui eût fait ou non un enfant puis qu'ensuite il n'en eût plus été question, l'enfant devenant invisible, introuvable, et c'était à se demander s'il avait vraiment existé, quand d'autres affirmaient en avoir entendu parler et même l'avoir vu, naturellement personne ne saurait, ça faisait partie des choses qui ne se disaient et ne pouvaient se dire, toujours est-il qu'épuisée et pleine d'amertume elle n'était plus la même et cette année-là le quittait, elle le quittait comme bientôt elle quittait l'appartement des parents pour ce coin de campagne triste et gris, les quartiers déserts d'Italie où au bout d'une cour elle avait ce petit atelier, les fonds de la ville où un soir de septembre elle faisait porter la malle d'osier avec les trois ou quatre robes, le peu de linge, les draps, les torchons et deux vieilles nappes que donnait la mère, ainsi que le grand vase de Sarreguemines qu'il y avait dans sa chambre, des livres, des photos. Des roses séchées. Des choses à garder disait-elle. Et puis n'y tenant plus, elle allait le trouver pour lui dire, là en face, ce qu'elle avait à lui dire. Heureuse de dire ça, de le crier. De voir sur son visage à lui ce qu'il y avait à voir à ce moment-là. Le désespoir. La sorte d'égarement.

Elle le quittait, et ne voulait plus ni le voir ni en entendre parler, malgré ces lettres, ces billets qu'il envoyait ou venait lui-même glisser sous sa porte, et les amis que les uns après les autres il faisait intervenir, allant les trouver et demandant, implorant qu'ils aillent lui parler, ces prières, ces suppliques, à quoi elle faisait répondre par Morhardt ou Daudet qu'il cessât de l'importuner, qu'à présent elle ne souhaitait plus le rencontrer ni chez elle ni ailleurs, quand il annonçait sa venue il trouvait porte close et plus tard, dans une lettre qu'il recevait, il lisait ses regrets et ses excuses, des courses à faire expliquait-elle ou des gens à rencontrer, ignorant, ne pouvant qu'ignorer, lui Rodin, qu'elle était là parfois de l'autre côté de la porte, à moins de trois pas de lui, à se dire, à comprendre qu'il était venu, tandis qu'elle l'entendait souffler et appeler doucement, et quand le cœur se mettait à battre elle ne savait si c'était de contentement ou de colère, restant là le temps qu'il fallait, et qu'il s'éloigne, oui comment ne pas l'imaginer, par la fenêtre elle pouvait voir la chevelure claire, encore rousse dans le soleil, et le corps lourd et pesant qui n'avait plus l'air de savoir où il allait.

Et plus tard recommençant à travailler elle traçait le sillon, la courbure dans le bas du dos, là où doucement s'évasaient les flancs, du pouce traçant le creux aux reins, creusant, caressant la terre, puis d'un seul même élan la nuque et le cou, qui ployaient maintenant comme sous une charge très lourde et très douce, oui la nuque, le corps tout entier, comme si ivre elle-même elle les appelait pour on ne sait quelle première ou dernière étreinte, la terre, la pierre dans laquelle ivre elle les attendait, eux deux l'homme et la femme, et l'étreinte, l'abandon, qu'elle représentait, incomparables, refusant d'abord de figurer les linges, les voiles dont on l'intimait de vêtir les corps trop nus, on parlait de valse et d'ivresse, cet abandon, cette griserie qu'on n'avait encore jamais vue, jamais figurée de la sorte, et ce tournoiement où ils ne redoutaient plus rien, ni la peur ni l'oubli, ni cette fin des choses à quoi elle ne faisait que penser, et alors on parlait de tristesse poignante, inoubliable, et l'on demandait où ils allaient ainsi tous les deux, si c'était à l'ivresse ou à la mort, on se le demandait.

Là dans les fonds d'une cour cet atelier où elle se retirait et où déjà plus rien n'était pareil, le soir quand elle rentrait elle longeait les champs et les ruelles du quartier d'Italie et pataugeait dans la boue du chemin, on se demandait comment une femme pouvait vivre dans ce coin obscur et si retiré, personne n'aurait pu penser que c'était là un atelier, la soupente où flottaient de grands linges gris par-dessus les esquisses, et qu'encombraient les cartons, les selles et les figurines, ni même qu'il y eût quelqu'un dans cette obscurité, ce froid humide, cette sorte de réduit où à présent elle se tenait. Elle était là dans le bruit des cours, fière et remuante comme une abeille, et quand on venait la voir travailler on observait le rire et le visage d'enfant qu'elle gardait, et ces bavardages à propos de tout et de rien, et comment vive et enjouée elle allait et venait autour de sa selle, jusqu'à ce que soudain sans plus rien dire et s'approchant de la masse de glaise elle l'étirât violemment, puis que dans un vaste, ultime élan de tout le corps se précipitant sur elle, elle lui donnât forme.

Oui vive et enjouée, et l'on ne se serait douté de rien, pas plus qu'à ces dîners où on la rencontrait encore, vêtue de la même défroque, la sorte de tunique de velours cramoisi aux manches bouffantes qu'elle portait hiver comme été, et ce canezou brodé de fleurs japonaises qu'elle ne quittait pas davantage, chez Thadée Natanson, chez Mirbeau ou Daudet où l'on rendait hommage à sa beauté et à son succès, cette année-là les petites causeuses, les quatre petites femmes qu'elle disait avoir observées dans un compartiment de chemin de fer et que, malgré l'argent qui manquait pour les marbres, les mouleurs et les modèles, elle réalisait pour le Salon, il y avait celle qui parlait et les autres autour qui écoutaient, croisant les bras et se penchant vers elle, les visages étaient les mêmes et les dos voûtés, et on ne savait à quoi elles pensaient, ni qui elles étaient ou même l'âge qu'elles avaient, et on aurait dit une seule et même femme, sans nom, sans histoire, attendant la fin des temps. On parlait d'éphémère, et de fugace, de ce qui dans l'instant même apparaissait et disparaissait, ces moments, ces gestes de tous les jours auxquels maintenant elle semblait s'intéresser, on disait qu'elle partait dans les rues et s'asseyait sur les bancs où elle observait les gens autour d'elle, les gestes, les regards qu'ils avaient, on la voyait dessiner dans les rues et les cours, les jardins où elle ne faisait qu'aller les yeux grands ouverts, on n'avait jamais vu, disait-on, quelqu'un s'intéresser autant à ce qui l'entourait, et aller les yeux si grands ouverts.

Et parfois, recevant à son tour, et sans doute était-ce les dernières fois, elle donnait là, au milieu des plâtres et des grandes toiles grises, des dîners dont on évoquait l'extravagance et auxquels elle conviait des écrivains, Mirbeau, Daudet et Renard, et Paul quand il revenait d'Amérique ; pour Paul qui revenait de l'étranger elle organisait les derniers dîners, suspendant aux poutres de grandes lanternes de fer et posant à même le sol les chandeliers, et chacun pouvait voir sur leurs linges humides dans les armoires grandes ouvertes les ébauches de terre et de plâtre, tandis qu'elle les servait très belle sous le fard et poudrée de clair, et les yeux disait-on brillaient d'un éclat étrange, parfois même, et personne ne comprenait, la mère était présente elle aussi, toute droite, toute raide dans ses robes d'étoffe sombre, ses robes d'on ne savait quel lointain et durable deuil, et c'est à peine si elle parlait, quelques politesses, des amabilités pour ceux qui étaient là, mangeant sans rien dire et la regardant, elle Camille, à la dérobée, comme guettant sur le visage, dans les gestes ou les regards ce que, furtive et prompte à blâmer, elle semblait toujours chercher.

On la rencontrait encore, on pouvait dire qu'elle était encore là à travailler et faire ce qu'il y avait à faire pour que tout allât comme il fallait, et à la voir on ne se serait douté de rien, de la vaillance elle en avait, et ce talent à ne montrer que ce qu'il convenait de montrer, chez les Claudel, outre la violence et les commencements de folie, on savait le courage et l'opiniâtreté, et cet orgueil qui se voyait sur les visages, on la rencontrait et l'on disait qu'elle gardait sa jeunesse et sa gaieté et que tout allait du mieux qu'il était possible, les grandes colères n'étaient pas encore là, à tout le moins pouvait-elle masquer un temps encore les soupçons et les griefs, les exigences folles, jusqu'au jour où méfiante et craintive elle en venait, se fâchant avec ceux-là même dont elle avait le plus besoin, à ne plus rencontrer quiconque, se cloîtrant dans cet atelier où elle travaillait du matin au soir et parfois encore tard dans la nuit, et chacun voyait bien où elle allait et ce qu'elle voulait, et comprenait ce qu'il y avait à comprendre, et à ce moment-là il était déjà trop tard, elle n'entendait rien de ce qu'on lui disait.

Cependant que sur les toiles, les portraits pour lesquels il posait, il semblait, lui Rodin, sortir des ténèbres et regardait loin devant d'un regard qui paraissait ne plus rien voir, on parlait des yeux, du regard qui disparaissait dans la masse confuse du visage, le visage tourmenté et si lointain désormais, et c'était comme une idée du ravage, de la désolation quand tout pour toujours est perdu et qu'il n'y a plus que les souvenirs si douloureux que c'est se perdre d'y penser. Cette année-là, une des dernières, il s'installait sur la falaise à Meudon d'où les jours de ciel clair il pouvait voir la Seine entre les champs et les vignes, il parlait de la Seine qu'il apercevait de là-haut et des brouillards admirables, fêtant Noël parmi les malles et les caisses du déménagement, les moulages, les figurines et les petites sculptures qu'il apportait de la Folie Neubourg, cette année-là, l'année 1895, fêtant Noël dans la maison de la falaise à Meudon où, malgré le froid et le brouillard, il devait disait-il, ouvrir les portes et les fenêtres, le poêle ne tirait pas comme il fallait ou c'était le bois qui brûlait mal et enfumait tout le rez-de-chaussée. Il allait à la fenêtre qu'il ouvrait et disait qu'il voyait Paris, et alors peut-être cherchait-il à deviner les quartiers d'Italie où elle était, seule ce Noël-là comme bien d'autres sans doute, et comme chacun des autres soirs, buvant de ce vin qu'il lui envoyait encore, ces bouteilles de Châteauneuf-les-Martigues qu'il faisait livrer par fûts ou par caisses entières, expliquant à Brigand Caire, le négociant, que c'était pour la santé de mademoiselle Claudel dont la fragilité, ces derniers temps, donnait quelque inquiétude.

Oui sans doute était-ce le soir, quand la fatigue venant, et plus sûrement encore la tristesse, elle commençait à boire le vin qu'il envoyait, si seule qu'elle s'installait devant le miroir pour remplir son verre et le vider à petites et douces gorgées, observant alors comme le visage se défaisait, se déliait dans d'imprécises et molles rondeurs, dans l'ombre qui se mettait autour des lèvres, autour des yeux, tandis que d'un geste comme autrefois elle dénouait ses cheveux ; et personne ne sait ce qu'elle pensait à ces moments-là, personne ne sait ce que, dans la tristesse des logis et des chambres pensent ceux qui n'ont plus rien à perdre, sans doute à un moment ou un autre l'imaginait-elle là-bas dans la grande belle villa de la falaise où dans les combles il installait son atelier, et dans la nuit on voyait briller les sept fenêtres sous le toit, les vastes greniers que bientôt tout le monde admirait et visitait, avec les plâtres sur leurs linges, les figures très pâles alignées dans leurs vitrines, et tout autour les corps magnifiques, la force, la vigueur des grands marbres, tout ce que Paris avait de noms venait là, se faisant admettre dans l'atelier du maître, le poète Rainer Maria Rilke parlait de génie et d'incomparable grandeur, et faisait les éloges qu'on savait.

Ou bien, fatiguée d'être seule, l'envie lui prenait-elle encore de parler, et on la voyait un de ces soirs-là traverser la cour et cogner au carreau du concierge, demandant si elle pouvait entrer et s'asseoir un moment, disant sa fatigue, et le manque de sommeil, oui sans doute déjà connaissait-elle les nuits blanches et les ressassements, les pensées toujours les mêmes qui revenaient, ne faisaient que revenir, si bien qu'elle restait là un moment à causer et demander des nouvelles des gens du quartier, ou encore du fils qui était au régiment, elle parlait d'eux tous, elle parlait du brouillard qu'ils avaient sur les faubourgs ou des travaux qu'on faisait plus loin pour percer la rue dans les vignes, et toute la saleté qu'ils ramenaient à présent dans les cours et les maisons. Elle demandait s'il n'y avait pas une lettre de Paul, elle parlait de Paul qui était vice-consul à Fou-Tcheou, et négociait la construction du chemin de fer de Pékin et toutes ces choses dont il avait la charge ; ces lettres de Chine où il disait qu'il ne l'oubliait pas et pensait à elle, et racontait comment là-bas il entrait dans la cité et cherchait les jardins, il racontait l'hiver et les bambous bleus, et tous les pins qu'il y avait au-dessus des tombes, la mer à Tien-Tsin, qu'il étudiait tout le jour disait-il, comme les yeux d'une femme qui comprend ; ces lettres qu'elle attendait jour après jour, lisait et relisait jusque dans les omnibus et les tramways, sur la banquette où elle prenait place et parfois debout sur l'impériale dans le froid et le courant d'air. Elle parlait de Paul qui n'était jamais là, qui était toujours dans des villes étrangères, des trains, des bateaux, il y avait entre elle et lui d'innombrables trains et d'innombrables bateaux, des mers incalculables, elle parlait de bouts du monde, de commencement et de fin des choses, déjà elle notait dans des carnets ce qu'il en était de ces absences et ces retours-là, des dîners et des promenades au bord de la Seine, et plus tard à Montdevergues, retrouvant les dates et les noms, elle se souvenait et se demandait si lui aussi se souvenait, et de quels jours, de quels soirs ils étaient là l'un devant l'autre et pour toujours.

Il partait, il ne faisait que partir, et n'était jamais présent, ni pour la mort du père ni plus tard pour celle de la mère, ni pour venir la voir elle sa sœur qu'il mettait chez les fous, c'est ce qu'il faisait, décidant pour elle de ce qu'il fallait, et ordonnant qu'on l'emmène, qu'on l'emporte comme une chose, un paquet qu'elle serait devenue, et alors elle n'aurait qu'à consentir et ne plus rien dire, penser qu'elle était faite pour être emmenée de la sorte, et qu'un jour tout changeait de ce qui devait changer, oui tout changeait.

Et on aurait pu croire qu'elle demeurait là par goût, par plaisir peut-être, l'endroit était si beau, toutes ces allées qui montaient et descendaient dans l'odeur des cèdres et des pins, la chambre, le pavillon dont elle s'éloignait de plus en plus rarement, et encore faudrait-il qu'on vînt la chercher, qu'on lui fît savoir que dehors l'air était si doux, si odorant, si bien qu'elle marchait là emmenée dans tous les parfums qu'on lui disait, elle montait et descendait les allées les sentiers jusqu'à ce qu'à nouveau elle sentît la douleur dans la jambe, alors elle disait qu'elle avait mal à la jambe et qu'il lui fallait rentrer, elle passait devant la chapelle, les rangs de cyprès. Elle Camille dans le jour qui tombait, quand elle regagnait le pavillon et la petite chambre de l'étage, refusant ce soir-là comme les autres la nourriture qu'on lui donnait et préférant remplir d'eau la même vieille casserole à l'émail ébréché, où elle faisait bouillir les pommes de terre qu'elle mangeait avec le beurre ou l'huile que la mère envoyait, ces colis qui continuaient d'arriver et d'où elle extrayait d'entre les paquets de sucre et de café, les savons, une robe ou un chapeau, des bas de coton gris, et alors elle disait que sa mère ne l'oubliait pas, que sa mère pensait encore à elle. Dans ses lettres elle parlait de la faim et du froid dont elle souffrait, et de tout ce dont là-bas on pouvait souffrir et plus encore, elle demandait qu'on lui envoie du café du Brésil, du beurre et de la farine, ainsi que les mandarines, le vin blanc ou même ces cerises à l'eau-de-vie dont elle gardait le goût, alors on la voyait remonter le sentier avec ses sacs et ses colis et sitôt là-haut elle les ouvrait et les vidait, rangeant au fur et à mesure les paquets, les bocaux et les bouteilles dans le petit placard qu'elle avait demandé qu'on mît près de la table, et calculant le temps qu'ils lui feraient.

Et plus tard elle essayait de dormir, et disait qu'elle n'avait plus que cela à faire, trouver le sommeil et dormir jusqu'au matin, et alors ce n'était pas le sommeil mais les chevaux qui revenaient et qu'elle entendait toujours, les deux lourdes bêtes, l'une presque blanche, l'autre alezane et toute brillante sous la sueur, ainsi que le crissement des roues sur les pavés du quai, le piétinement tranquille des sabots, et le matin elle disait qu'elle aurait voulu être encore dans cet atelier-là dont elle aurait fermé convenablement les portes et les fenêtres, de sorte que personne n'aurait pu y pénétrer. Elle aurait voulu être encore là-bas, elle aurait donné tout ce qu'il y avait à donner pour tout refaire, tout recommencer de ce qu'il y avait à recommencer. De ces jours-là elle n'oubliait rien, et si longs, si interminables que là-bas dans le petit atelier du bord de Seine déjà elle se souvenait, ne faisait que se souvenir, les deux étroites pièces qu'un jour, fatiguée du quartier d'Italie, elle louait dans une maison des quais parmi tous ces gens qui la considéraient comme une étrangère, une extravagante, où quand il arrivait de Pékin ou de Han-Tcheu il la trouvait polissant le jade grain par grain et travaillant à n'en pas finir, ces années-là les trois petites femmes dans la mer qui levaient les yeux vers la vague, le flot immense qui allait les engloutir, et on ne savait si elles avaient peur ou si elles riaient. Elle ne le savait pas elle-même.

Il parlait, lui Paul, du vent qu'il y avait ces jours-là, et de l'ombre des peupliers jusque dans l'atelier où, rageuse, obstinée dans ses vastes blouses de toile, elle allait et venait autour des pierres. Il parlait des soirs de grand vent et des nuages gris, de la pluie qui arrivait, violente et mauvaise comme autrefois à Villeneuve, il parlait d'autrefois quand elle revenait avec ses sacs de glaise que la pluie détrempait, et l'ocre, le vert, le bleu qui s'échappaient, coloraient le sac, la jupe claire, la pluie qui ne cessait plus, et la tristesse que c'était maintenant d'y penser, oui la tristesse.

Et bientôt retirant la blouse et ajustant le petit chapeau sur la tempe où il découvrait les cheveux, les boucles rassemblées d'un large mouvement de peigne, elle se préparait à sortir avec lui, ils allaient souper chez Morand de l'autre côté du Pont Marie ou à la Chope d'étain, et alors ils parlaient de la Chine d'où il venait, et du pavillon qu'avec tout l'argent qu'il gagnait Rodin s'était fait construire à l'Alma, la sorte d'orangerie où il déployait son œuvre et où, pour quarante mille francs et plus encore, on venait lui commander son portrait, cependant que pour manger elle devait, elle, céder sa femme à genoux, son implorante, pour pas même quarante francs, puis se taisant elle soulevait le rideau, regardait au dehors la pluie tomber et ruisseler sur les vitres. Plus tard quand ils partaient, elle lui demandait de l'emmener avec lui, en Chine, au Japon dont autrefois ils parlaient tant, c'est à peine si elle se souvenait de ce qu'il répondait, à peine si elle comprenait. Un attelage qui passait à ce moment-là, ou peut-être les cris du cocher. Ou encore les oreilles qui n'entendaient plus, qui ne voulaient plus rien entendre ni savoir.

Il se souvenait des grands peupliers du bord de l'eau, et d'elle qui allait et venait dans ses larges blouses parmi les plâtres et les terres cuites, polissant et repolissant le marbre et le jade lisse et brillant comme la mer, avec des éclairs pâles venus des profondeurs, et alors, disait-il, c'en était fini de la magnifique, l'impérieuse fille qu'elle avait été, et si belle disait-il qu'on ne pouvait cesser de la regarder. Elle tombait, elle n'en finissait pas de tomber, là dans la longue, effrayante suite de jours sa sœur qui n'était plus la même, ne le serait jamais plus, et alors personne, plus personne n'y pourrait rien, quand déjà prenant peur elle en venait à redouter chacun, et parfois était-ce dans les rues où elle se mettait à courir, elle courait, elle se souvenait de courir, et ce n'était plus dans la robe blanche et le grand soleil de juin, c'était dans le froid et le gris du boulevard avec ces fleurs qu'un soir elle tenait à la main et laissait choir lorsque bientôt elle trébuchait, des dahlias ou des zinnias elle ne savait plus, elle gardait le souvenir de fleurs d'été d'un rouge sombre et velouté qu'elle laissait là sur le sol, quand elle se relevait elle recommençait à courir, échevelée et palpitante, se disant que ça n'allait pas durer longtemps, de tels soucis, de telles frayeurs, que tout finissait de ce qui devait finir, à nouveau elle s'enfermait parmi les figurines et les toiles grises où elle semblait attendre, comptant les jours, comptant le temps, et qu'alors elle pleurât des jours et des soirs qui donc l'aurait soupçonné, quand dans le quartier ils la rencontraient ils observaient le visage et les paupières rouges et bouffies, ils disaient qu'elle avait dû boire, oui sans doute buvait-elle pour passer le temps.

Elle tombait et se perdait, c'est ce qu'il dirait, et aussi qu'il n'y avait que peu de mots pour parler de ces choses-là, un jour venait où les mots se raréfiaient, très peu suffisaient, comme l'air qu'il fallait aux mourants. Perdue elle l'était, et sans plus personne à présent qui la protégeât, ni paroles apaisantes qui éloignaient les dangers, les rivaux et les défaites, même si elle recevait encore du maître ce qu'il fallait d'argent pour payer l'atelier, les mouleurs et les modèles, ou de ce vin qu'elle aimait et buvait les soirs de découragement, et il y en avait plus d'un, à quoi il faisait ajouter des mandarines et des amandes princesse, et alors il lui écrivait qu'elle se calme et chasse ces pensées qu'elle avait.

Elle tombait, elle ne faisait que tomber, là-bas en Chine où il repartait, lui Paul, il pensait à elle, dans une chambre d'hôtel à Shanghai il écrivait ces vers qui disaient la tristesse et les séparations, et les retours plus tristes encore que les départs, il partait, il revenait, parlant du fracas des trains et du soleil qui se levait sur le Baïkal, de la traversée de la Volga, des chants qu'il entendait un matin à la gare de Smolensk; d'elle pour qui il priait et qui n'en avait plus pour longtemps de ce malheur-là, cette sorte de folie qui la prenait, il priait disait-il pour cette femme qui lui était terriblement chère.

Si bien qu'une fois encore, la dernière, il l'emmenait, il partait avec elle dans les Pyrénées, cette année où rien n'allait plus ni pour elle ni pour lui qui, parlant d'amour et de fiel, cherchait partout en Europe la femme qu'il aimait, très aimée, très désirée la femme rencontrée sur le bateau dix ans plus tôt et revue là-bas dans ses consulats de Chine, partout il la cherchait, en Pologne, en Tchécoslovaquie et pour finir en Belgique où il la trouvait, et c'était la dernière fois qu'ils se voyaient, cette femme, cette Rose Vetch, et lui, ils disaient cette fois qu'ils ne se reverraient plus, de sorte qu'il pensait mourir ; malgré ce Dieu, cette Église en laquelle il croyait et tous ces beaux chants, ces bibles et ces évangiles, il disait lui Paul qu'il voulait mourir. Cette année 1905 où ils se rendaient dans les Pyrénées, où ils avaient des amis, et ils seraient là tous les deux dans le chagrin et l'envie d'en finir, tandis que sans rien dire ils posaient pour la photographie dans la voiture qui venait les chercher à la gare, et elle se tairait de la même façon durant tout le séjour, ne prenant même plus la peine de parler, assise devant eux sans rien dire à la table des repas les yeux baissés sur son assiette, et parfois regardant d'un côté et de l'autre et même se retournant elle semblait s'assurer qu'il n'y avait personne derrière elle, ils la regardaient à leur tour et ne savaient que penser, et bientôt comme elle, se taisaient, tout le temps qu'elle se tenait là devant eux sans bouger ni rien dire et sentant monter la violence, et peut-être la colère, elle était si fatiguée pourtant.

Il l'emmenait et bientôt la ramenait, la laissant là dans cet atelier du quai Bourbon où déjà, comme sachant ce qui venait, on dit qu'elle s'enfermait, ne parlant plus que de ces gens, praticiens et mouleurs qu'elle ne pouvait payer et qui venaient jusque-là détruire ce qu'il y avait à détruire de maquettes et de figurines, et pour finir le maître lui-même qui, ne songeant qu'à se venger, la faisait suivre jusque chez elle où il voulait savoir ce qu'elle faisait, là jour après jour dans cette chambre, cet atelier où elle travaillait encore et la nuit peinait à trouver le sommeil, et le petit matin la trouvait éveillée à regarder le jour poindre au travers des persiennes, tandis qu'elle entendait les chevaux passer la Seine et descendre le quai, le bruit régulier, tranquille des sabots sur le pavé, et de temps à autre et comme venue de très loin, une voix qui s'élevait, soudaine et sonore au-dessus de la rumeur des rues, le grondement sourd et confus de la ville qui s'éveillait, lentement remuait ; oui sans doute savait-elle ce qui venait, ne pouvait que venir, quand la nuit ne pouvant même plus trouver le sommeil, elle pensait encore à lui, Rodin, les derniers temps, les derniers jours à Sainte-Marine et à Paris, les restaurants derrière Notre-Dame ou chez les tsiganes du Pont Marie où le soir ils allaient, se souvenant d'ivresse et de plaisir et de chanter avec les violons, renversant la tête et riant sur la banquette près de lui, quand ils revenaient ils passaient par la halle aux vins et les petites rues derrière le jardin des plantes, et plus tard lui retirant ses habits de la main il suivait la ligne du dos, longuement des reins à la nuque puis de la nuque aux reins où il s'attardait, l'embrassant, des lèvres parcourant le même chemin, disant : Ma petite fille, Ma petite fille, et parlant d'autrefois quand elle n'était pas née, de ces années qu'elle ne connaissait pas où lui vivait. Quand les yeux grands ouverts elle se mettait à rêver elle voyait les maisons et les petites villes, les villages où ils allaient, des chambres et des chambres, et des nappes jonchées de fleurs, et parfois c'était comme si bonheur et chagrin se confondaient, oui tout le temps que le rêve était là et qu'elle ne pouvait s'en défaire, continuant d'aimer ce rêve-là et d'en éprouver le besoin, tout aussi follement et ne le quittant que pour y revenir, comme lui dont elle ne savait même pas si elle l'aimait, si elle l'avait jamais aimé, cet amour, cette histoire dont depuis longtemps elle savait la fin, y pensant de la même absurde, douloureuse façon, pensant au rêve et à lui en qui sans doute il s'incarnait, elle avait encore certains soirs et malgré qu'elle l'eût quitté, malgré les soupçons, les rancunes et la haine très violente, besoin qu'il vînt l'entourer de ses bras, ces moments où, cédant la place au désarroi, griefs et rancœur disparaissaient et elle ne voulait plus autant être seule, pour un regard, un mot qu'il aurait dit elle aurait oublié ce qu'elle voulait, tout parfois avait été si radieux, si magnifique, les maisons, les chambres et tous ces trains qu'ils prenaient, les plages où elle courait et plus loin il l'attendait sur la jetée, elle courait dans ses robes claires vers lui qui l'attendait, aimée, plus qu'aimée ; et au retour quand elle recommençait à travailler tout se mêlait du travail, du bonheur ou du malheur, cette vie qu'elle vivait houleuse et solitaire où tout se confondait, s'imbriquait si étroitement que parfois elle ne savait plus où elle en était de l'un ou de l'autre.

Alors prenant le train, ou le bateau qui descendait la Seine, elle allait à Meudon, de temps en temps on dit qu'on la voyait là-bas dans un coin ou un autre à le guetter quand, depuis la petite gare ou le débarcadère, il regagnait la falaise, elle restait là à le regarder gravir la côte de ce pas lourd qu'il avait, tapie dans la haie ou les buissons du parc où une fois on raconte qu'on la trouva, de sorte qu'elle ne pouvait expliquer elle-même ce qu'elle faisait là, ni depuis combien de temps elle y était, tandis qu'elle se redressait puis s'éloignait sans plus rien voir ni entendre, ce soir d'été 1901 ou 1902 où, l'entrevoyant dans le fouillis de branches, l'autre, la servante, la gouvernante la reconnaissait et s'en offusquait si bruyamment que bientôt chacun savait, du doigt désignant la touffe d'arbustes où elle la débusquait, et racontant qu'elle avait aperçu tapie dans les buissons cette femme, cette folle qu'avait aimée le maître et qui malgré qu'il l'eût quittée ne pouvait s'empêcher de rôder jusque ici, et peu après sur le bateau de Meudon le poète Rilke lui-même qui se rendant là-bas l'apercevait, et parlait de la femme au regard bleu et aux lourds cheveux qu'il avait reconnue à l'avant du bateau, et parfois, c'était possible, restait-elle là jusqu'au soir, dans un endroit ou un autre du parc ou des bosquets environnants, d'où elle pouvait voir les fenêtres du grenier s'allumer et le maître aller et venir parmi ses marbres et ses plâtres, parfois restait-elle dans le parc à essayer de l'apercevoir, et sans doute à force l'apercevait-elle, ça ne devait pas être bien difficile, trouvant ces jours-là à loger dans les parages, chez qui, on ne pouvait le savoir, des relations, des amis qu'elle aurait gardés, ou même l'un ou l'autre de ces gens, ces inconnus à qui, sitôt qu'elle avait quatre sous, elle ouvrait sa porte et offrait sans compter petits pains et champagne jusqu'à l'aube, on ne savait pas davantage qui étaient ces gens avec qui elle riait et buvait, ni où elle les trouvait.

Quand disait-on elle ne disparaissait pas des jours, des semaines entières, un soir, un matin mettant la clef sous le paillasson et s'en allant dieu sait où, plus tard elle parlait de voyages, de trains et de gares, des petites villes du bord de mer où elle retournait, prenant, gare Saint-Lazare, gare du Nord, les trains qui y menaient, et personne, ni le concierge ni les voisins, ni même ceux, de plus en plus rares qui la fréquentaient encore, personne ne savait où elle allait.

C'était l'été, ou peut-être dans l'hiver un matin de grand ciel bleu, et l'air était vif à chanter et à rire, enveloppée dans toutes ses laines et les cheveux ramassés sous le béret elle se tenait là sur le quai d'une gare où personne ne l'accompagnait, où rassemblant le peu d'argent qu'elle avait elle s'en allait sans rien dire ni même savoir où elle allait, tranquille, heureuse peut-être de ce secret, de cette solitude-là, malgré la foule et tous les bruits sur les quais, le train qui s'ébranlait dans ses hoquètements et ses crachements de fumées devant ces gens qui agitaient les bras, les mouchoirs et prononçaient les mots d'usage, les dernières recommandations, à la voir on n'aurait rien dit sans doute, peut-être même ne la remarquait-on pas, si ce n'est parfois un homme qui observait le visage encore beau, le regard dont on sait qu'il troublait encore. Elle était là parmi tous ces gens, ignorant elle-même où elle allait et dans quelle petite gare du bord de mer elle s'arrêterait, et sans doute était-ce encore du courage, car prenant peur parfois elle rebroussait chemin, décidant de mettre fin à l'aventure elle descendait du train et refaisait le trajet en sens inverse, alors derrière la vitre défilaient à nouveau les villes et les gares qu'elle venait de passer, les mêmes noms et les mêmes voix dans les haut-parleurs, et c'était d'autres gens qui montaient et se bousculaient avec les sacs et les paniers, dans la même poussière, les mêmes étouffantes odeurs.

Elle se souvenait qu'elle prenait des trains. Qu'il lui fallait s'en aller, se tourner vers ailleurs où elle n'aurait plus pensée de rien, oubliant la colère et le grief et même le chagrin, elle prenait des trains et tâchait d'oublier, tandis que par la vitre elle regardait filer le paysage et les maisons, jusqu'à ressentir cette sorte de vertige, d'oubli tranquille et doux, comme si n'ayant plus où s'arrêter et s'ancrer le temps soudain n'existait plus, ni la souffrance, elle pensait au temps et à la souffrance qui cessait, à ce bercement, cet engourdissement où peu à peu tout pouvait s'estomper et disparaître, ce vertige très doux à quoi elle s'abandonnait comme elle se serait, consentante et pacifiée, abandonnée à une ivresse, à peine si l'on aurait pu soupçonner les traces d'un effroi, d'un souci récent. Oui les trains qui roulaient, longeaient les campagnes et les villes où elle n'aurait pas à descendre, le train qui longeait le monde selon la frange, l'invisible frontière d'un univers où l'on se blessait et se déchirait, si bien qu'à ces moments-là plus rien n'existait que la sorte de paix, l'étrange, inordinaire solitude.

Ce pouvait être la mer, c'était probablement la mer où elle allait et restait quelques jours, trouvant à se loger on ne sait où ni comment, cachée peut-être, comment ne pas l'imaginer, tapie comme une bête, une fugitive, dans une de ces cabines de plage abandonnées à cette saison où elle trouvait le moyen de pénétrer – ce devait être l'hiver ou le premier printemps – une cabine, une de ces petites huttes de toile ou de bois désertées pour l'heure où, dans l'odeur froide et rance des marées, elle s'installait avec ses châles et ses couvertures, ne redoutant ni le froid ni le vent ni la nuit sur la mer, et quand plusieurs jours après elle revenait on ne la voyait pas davantage, un jour on l'apercevait dans la cour ou le trottoir devant la maison, amaigrie et ne parlant à personne, ou bien au contraire parlant à n'en pas finir tandis qu'elle allait et venait dans ses jupes fatiguées, ouvrant et fermant les portes des armoires et disant combien les figurines avaient séché et n'étaient plus que glaises bonnes à jeter. Elle disait que rien n'avait besoin de demeurer. Qu'on pouvait faire et défaire, et ne rien regretter, jamais. Et bientôt on entendait les coups de maillet et de marteau et le bruit quand elle recommençait à travailler, et alors ce n'était plus de grands beaux corps ou de ces petits groupes qui avaient fait sa renommée, c'était comme autrefois quand elle entrait à l'atelier du maître, des mains et des pieds qu'elle modelait comme une débutante, et ces visages apeurés qu'elle alignait sur les étagères, quand, le lendemain ou le soir même, elle n'entreprenait pas avec les mêmes marteaux de les détruire ; cependant qu'une fois encore elle figurait le buste de Paul, et disait que c'était Paul à quarante ans, plus que jamais pensant à lui et attendant sa venue, sur une carte marquant d'une épingle les villes où il résidait et d'où lui parvenaient ces lettres qui disaient qu'il ne l'oubliait pas, non, il ne l'oubliait pas.

Et après c'était le temps, les kilomètres par milliers, qui les éloignant l'un de l'autre faisaient le reste, lui qui n'était jamais là, et la trouvait à ses retours encore plus lasse et perdue dans des frayeurs, des tourments sans fin, quand en 1909 il revenait de Tien-Tsin par le Transsibérien, c'est à peine s'il la voyait, mais il pensait à elle, il y pensait toujours disait-il, parlant de choses grandes, de choses inouïes, et telles que le cœur ne pouvait y résister, de choses mortes, impossibles, et demeurant pour toujours, tandis que déjà elle errait de long et de large dans cet atelier parmi les chats, les selles et les figurines et arrachait à grands gestes le papier des murs, parlant, écrivait-il, de cette voix qu'elle avait à présent, âpre et monocorde, et si dure qu'on aurait dit du métal. Il parlait de la voix dure et métallique qu'elle avait à présent, et s'effrayait de la voir errer de la sorte au milieu de tous ces chats, oubliant elle-même qui elle était, oui l'oubliant, et toutes les choses qu'elle disait et faisait, et pour quoi il l'avait tant aimée.

Et plus tard, dans le train entre Nuremberg et Prague, pensant à elle il ne pouvait dormir, il ne dormait pas et regardait la neige tomber, il parlait de la neige qui tombait sur les vitres et les campagnes de Bohême et de Moravie, et plus tard encore quand il arrivait, des bouleaux du jardin de Pétrin, du chant du premier rossignol. Il parlait de sa vie à Prague où il était consul, d'herbe verte mêlée à la neige et de voyage à Vienne, du chant de l'alouette et de Rostock où il se rendait au printemps, du nom étrange des pays de là-bas.

Oui quand alors rien n'irait plus et qu'on parlerait des comportements étranges qu'elle avait, ces jours où hagarde et prudente, elle se terrait dans l'atelier où elle modelait des mains et des pieds que, sitôt achevés, elle détruisait à coups de marteau, et dans le quartier on parlait du bruit qu'elle faisait et de toutes les saletés et la poussière que c'était quand ensuite elle entassait le tout dans des charrettes, et demandait qu'on allât le déverser du côté des fortifications. Hagarde et prudente, c'est ce qu'il dirait, et finissant elle-même par attendre le moment où l'on viendrait la chercher, parmi les plâtres et les argiles desséchés de cet atelier où bientôt plus personne ne pénétrait et d'où elle ne sortait plus, si ce n'est pour chercher un morceau de pain et de fromage avec quoi elle soupait, ou bientôt ces rognures de légumes qu'elle ramassait à l'étal des marchands et dont elle se faisait un bouillon, se disant sans doute que rien de tout ça n'allait durer, qu'on n'allait pas permettre qu'elle restât cloîtrée derrière ses volets fermés à ne plus bouger ni rien dire, et alors elle se couchait et restait là des jours entiers, recroquevillée sur l'étroit divan qui lui servait de lit, et parfois sombrant dans le sommeil elle rêvait qu'elle errait dans des villes inconnues, elle rêvait de villes et de rues inconnues où elle se perdait, la nuit tombait et elle ne pouvait revenir sur ses pas, elle avait marché trop longtemps et trop loin si bien qu'elle se perdait, et le rêve durait plus qu'elle n'aurait su dire, il durait si longtemps qu'au matin elle s'éveillait égarée, éperdue, et se demandant comment elle pouvait encore être là, vivante et respirante et si endolorie qu'elle ne pourrait jamais, se disait-elle, aller jusqu'au soir, à la prochaine nuit, pleurant, se souvenant de pleurer sur ce divan qu'elle ne quittait plus, tandis qu'elle voyait le jour se faire entre les lattes de bois des persiennes, les lignes tour à tour pâles et sombres qui effleurant le carrelage y dessinaient d'indécises et vagues clartés, où bientôt un chat venait se mettre, le jour se levait, le matin pâle et froid de novembre, de décembre ou de mars, le jour gris qui venait et qu'elle n'avait pas envie de vivre.

Si bien que là-bas dans les jardins de Prague où il allait, il disait qu'il souffrait pour elle et que rien de tout ça ne pouvait durer, il souffrait et priait, c'est ce qu'il disait, il parlait d'elle et des bouleaux de Pétrin, du chant du premier rossignol, et Kafka qui le rencontrait à son tour parlait de lui, Kafka à Prague se rappelait l'éclat étrange des yeux du poète Claudel, que son large visage, disait-il, recueillait et réfléchissait.

C'était le temps. Et il faudrait encore quelques brèves et trop longues années, pour qu'elle devînt cette extravagante dont on parlait dans le quartier, quand se méfiant de tout et de tous elle ne sortait plus qu'à la nuit tombée pour recueillir aux fenêtres, dans les bacs mêmes où autrefois elle plantait les tulipes et les jacinthes, la nourriture que maintenant des âmes charitables déposaient là pour elle, un reste de viande, une soupe, un morceau de fromage qu'elle partageait avec ses chats. Retranchée-là comme des guerriers en combat dans un camp cerné par l'ennemi, et quand on frappait à sa porte on la voyait paraître dans l'entrebâillement, méfiante et égarée, le visage souillé, maculé d'on ne sait quelle salissure, et alors on disait qu'elle ne se lavait plus, elle ne songeait, disait-on, pas plus à se laver qu'à tout le reste qu'il fallait pour durer, s'éveiller puis chaque matin se mettre debout, et cela fait tenir bravement jusqu'au soir, elle ne songeait plus à rien de ce qu'il fallait pour vivre et durer, et demeurait là recluse dans l'obscurité et l'air qui manquait, ces odeurs d'enfermement dont on parlait dans le quartier, on se demandait comment dans ce taudis elle pouvait encore trouver l'air pour respirer, oui on se le demandait, sans même parler des jours où l'atelier, la cour tout entière tout entière empestaient le camphre, ces potions qu'elle prenait pour calmer ses nerfs malades et qui envahissaient l'air de leur odeur épaisse, tandis que suffocante et à demi inconsciente elle restait là à gémir, si malade et si faible qu'elle ne pouvait même plus sortir et si honteuse sans doute, qu'invoquant des occupations et des rendez-vous, elle dissuadait quiconque de lui rendre visite.

C'était le temps, des jours, des semaines, des mois interminables, personne ne saurait ce qu'avait été le temps pour elle, et bientôt dans le quartier ils écrivaient à la mère et au frère pour leur demander s'ils étaient bien informés de ce qu'elle devenait, cette saleté, cet enfermement, et tout le bruit que c'était quand le soir elle se mettait à cogner avec ses marteaux ; ils écrivaient à la famille, à ces Claudel si soucieux, savaient-ils, du qu'en dira-t-on et qui, persuadés qu'ils avaient toujours su ce qu'il y avait à savoir, ne semblaient plus s'étonner de rien, alors à Villeneuve, après avoir attendu le temps qu'il fallait, c'est-à-dire que mourût le père qui la protégeait, ils faisaient comme ils croyaient devoir faire, et sitôt achevé l'enterrement l'envoyaient prendre chez elle et conduire à Ville-Évrard où on l'attendait.

Le huit mars était un dimanche, le dernier qu'elle passait quai Bourbon, le dernier atelier et le dernier dimanche, et personne n'aurait pu dire qu'elle ne se doutait de rien, personne n'aurait pu le dire, et recevant cette lettre qui lui disait la mort du père, elle répondait que tout le chagrin était pour elle, mais qu'elle ne pouvait sans argent ni souliers se rendre là-bas, et bientôt la voiture était là, le pas des chevaux sur le pavé et les voix qui appelaient, tandis que debout derrière ses carreaux elle voyait les hommes descendre et pénétrer sous la voûte cochère, et quand ils entraient ils disaient qu'il lui fallait rassembler ses affaires et venir avec eux.

Au vrai voilà ce que là-bas à Villeneuve ils faisaient, et pourquoi, hagarde et prudente, elle avait compté le temps, les années, les jours et les nuits, ils la livraient à ces inconnus dans les asiles, les maisons où l'on soignait les nerfs malades et toutes les aberrations, les innocences, dont on pouvait souffrir, la chassant et la répudiant comme ils auraient répudié une damnée, une femme de mauvaise vie, la mère, la sœur et lui Paul qui ne cessait de dire qu'elle se perdait et ne ferait jamais que se perdre. Ils demandaient qu'on vienne la chercher et qu'on l'emmène, qu'on l'emporte comme un objet, un paquet qu'un jour, on ne sait lequel, elle serait devenue, et alors sous une pluie tiède elle traversait Paris, serrée entre les deux hommes sur la banquette de moleskine noire, elle traversait Paris et la Seine et les longues banlieues, et bientôt n'avait plus rien à voir que les folles qui marchaient dans les couloirs, la grande maison de fous où de Hambourg, ce mois de mars 1913 et aussi en août de l'été qui suivit, il venait lui rendre visite, et il y aurait encore quelques mois, un peu plus d'une autre année, avant qu'on ne lui fît prendre le train pour Avignon – cet été si chaud dont ils parleraient elle et lui, quand avec la guerre qui commençait on la transférait dans le Sud avec cinq cents autres de Ville-Évrard, on la transférait à Montdevergues, commune de Montfavet, et l'endroit disait-on était renommé, à cinq kilomètres d'Avignon les bois, les champs et les vignes, ainsi que le grand parc sur un flanc de colline où étaient les bâtiments, les pavillons des pensionnaires, tous les malades qu'il y avait là dans les cours et sur les bancs, et puis les autres qu'on cachait et tenait enfermés, certains jours de vent elle disait qu'on n'entendait qu'eux, on entendait les cris du haut de la colline et les coups qu'ils donnaient contre les murs, cependant que pour quelque temps, quelques années, véhémente encore, elle affirmait n'être coupable de rien et qu'on la retire de là où elle n'avait rien à faire, oui quelques autres années, encore plus longues, encore plus lentes, et le temps elle pourrait plus que jamais en parler, comme la peur, toutes les peurs qu'elle avait endurées, jusqu'à la peur de la peur et de cela qui la rendait si folle, et maintenant qu'on l'abandonnât pour le reste de ses jours sur cette colline, oui cette peur-là, la dernière, et si interminable que d'autres alors auraient le temps de naître et mourir et vivre la vie qu'ils avaient à vivre. Bientôt elle écrivait, elle disait qu'elle ne pourrait jamais rester là où on la mettait, et demandait que sa mère prenne le rapide et vienne la voir, évoquant dans les lettres qu'elle écrivait la solitude et l'abandon, et ce que c'était quand plus personne ne pensait à vous, ces jours, ces années où ils la tenaient si éloignée d'eux qu'ils ne pouvaient pas même venir la voir, si ce n'est de loin en loin ces visites de Paul qu'elle attendait, ne faisait qu'attendre, pensant à toutes ces choses qu'ils avaient encore à se dire, s'il ne venait pas pensait-elle il y aurait des choses qu'ils ne se seraient jamais dites, et alors ils mourraient elle et lui, et ce serait comme si rien de ces choses-là n'avait existé. Elle se mettait à leur écrire, et ce n'était qu'un commencement, trente années encore elle leur écrivait son indignation et sa colère, et qu'ils feraient mieux d'utiliser leurs sous autrement qu'à payer sa pension chez les fous, et bientôt, ce serait l'affaire de quelques autres années, ravalant colère et indignation elle ferait ce qu'on lui dirait de faire, c'est-à-dire se lever, dormir et manger, et le reste du temps marcherait dans les corridors et les allées du parc, et même dans la chambre où le soir attendant le sommeil elle errait de droite et de gauche ; quand alors, à force d'habitudes, l'idée qu'elle était là pour toujours ne parviendrait plus à provoquer la consternation ni le désespoir, pas même peut-être la soumission qu'il y paraissait, mais la certitude accablante que, pour ce qui était de la vie, elle n'en connaîtrait pas davantage ; au-delà de la résignation et du renoncement, la connaissance absolue que, hormis ce souffle qui l'habitait encore, cette respiration de chaque instant à quoi patiemment elle s'efforçait, tout était fini de ce qui devait finir. Elle ferait ce qu'on lui demanderait, et le reste du temps marcherait, s'assiérait ou se tiendrait près des fenêtres, jusqu'à ce qu'elle ne soit plus rien que ce petit visage fané sans dents ni lèvres dont il parlerait lui Paul – et alors déjà on la tiendrait pour morte, les dictionnaires, les encyclopédies diraient d'elle, Camille Claudel élève de Rodin et sculpteur de grand talent, née en 1864 de Louis-Prosper Claudel et de Louise-Athénaïse Cerveaux, qu'elle était décédée l'année 1920, 1920 diraient-ils était l'année où elle mourait. Elle mourait, on la donnait pour morte, et l'on ignore pourquoi et de qui cela se savait, ni même si ça attirait encore l'attention de quiconque, quand déjà elle n'était plus que cette silhouette grise et maigre qui semblait errer partout où elle allait ; cette année-là, l'année 1920, à l'automne il venait de Copenhague, et sans doute de Villeneuve où il s'était arrêté quelques jours, et la trouvait là, dans la sorte de lumière blanche où elle se tenait quand elle se levait et s'approchait du perron pour mieux le voir, tout aussi immobile et la main en visière au-dessus des yeux, des sourcils qu'elle fronçait dans une grimace dont elle avait pris l'habitude, et elle se mettait à trembler, elle tremblait là devant lui dans la grande robe ou le manteau et l'on ne savait si c'était de froid, de fatigue ou d'inquiétude.

Et parfois, faisant la route sous une pluie battante, mettait-il pour venir plus de temps qu'il n'en fallait, et elle s'en inquiétait, alors il parlait de pluies tout au long de la route et jusqu'à Montdevergues où il arrivait tard l'après-midi, il parlait de pluies qui n'arrêtaient pas, rageuses et violentes, et d'elle qu'il trouvait assise sur son lit où depuis le matin elle attendait sans bouger ni rien dire, et quand il ouvrait la porte elle se levait et se jetait sur lui en pleurant, elle pleurait comme il ne l'avait jamais vue pleurer, de tout son visage fané et gris de vieille, il disait qu'elle était vieille maintenant, grise et sans dents, pleurant éperdue, n'en finissant pas de pleurer toutes ces larmes qu'elle avait, debout contre lui entre les bras qu'il lui tendait et que bientôt il refermait sur elle, bientôt il l'entourait de ses bras et d'un geste apaisant tapotait l'épaule contre la nuque jusqu'à tant que, à petits bruits hoquetés, mouillés, elle finît par se calmer.

Et les autres fois c'était le soleil et le ciel bleu, le vent qui prenait sur la colline et toutes les odeurs qui montaient jusque-là, les pins, les tamaris et les lavandes, alors elle disait qu'elle allait peut-être le voir, qu'il aimait venir durant ces étés qu'il y avait là-bas, elle comptait les étés, les années où il était venu, 1915, 1920, 1925, l'été 1927, l'été 1928, les étés 1930, 1931, 1933, 1935 et, le dernier de tous, l'été 1936, cette année-là il venait pour la dernière fois, pour la dernière fois il annonçait sa venue, le dernier jour, le dernier été qu'elle l'attendait dans le haut du sentier, sur cette chaise qui était devenue la sienne, l'étroite et rude chaise de fer et de bois qu'elle sortait du vestibule et tirait sur le perron, ou plus bas sur l'herbe entre les arbres. Il ne venait plus de l'étranger, il venait de Brangues, de son château où il résidait maintenant, où il ne l'avait jamais invitée, où il ne l'avait jamais emmenée. Il disait qu'il commentait les Écritures, et qu'il était malade, qu'il n'avait plus de sang. Les autres années il ne venait pas, et cette fois-là comme les autres elle calculait le temps que ça faisait, treize années sur les vingt-deux qu'elle avait passées là-bas, à quoi, notait-elle, il convenait d'ajouter les premiers grands départs, les premières grandes séparations, celles-là même dont un jour il écrirait qu'elles faisaient de vous un autre, et lorsqu'on revenait, disait-il, plus rien n'était, ne pouvait être comme avant, oui toutes ces années de Paris, et il y en avait bien une vingtaine, entre le premier poste à Boston où on le nommait, et ce jour de mars 1913 qu'on venait la chercher, vingt années où ils ne se rencontraient que quatre fois, l'été quand il revenait, et se souvient-elle ils allaient au restaurant et au concert rue de Tournon, ou bien l'emmenait-il marcher un peu au bord de la Seine. Et alors notait-elle, cela faisait pour cette seule période seize autres années d'éloignement, de séparations, et elle n'avait plus de mots pour le dire, qui ajoutées aux treize autres représentaient un total de vingt-neuf, vingt-neuf années où ils étaient restés sans se voir, sans se parler et dire ce qu'ils avaient à se dire, page après page elle les comptait et les recomptait, et tout ce qu'avec ça il y avait à compter et décompter de chevaux qui venaient la chercher, de lettres et de colis, de pluies, d'inutiles, provocants ciels bleus.

Et parfois oubliant et mêlant les dates ou les pays d'où il venait, il lui semblait ne plus rien savoir de ce qui était marqué là – ou bien disait-elle était-ce l'encre du crayon qui s'était effacée et qu'elle peinait à déchiffrer, le violet pâle de la mine qui peu à peu s'estompant, se dissolvant dans la lumière semblait à soi seul parler de choses enfuies, disparues pour toujours, ces pages trop souvent ouvertes et feuilletées où l'encre décolorée en des mauves et des violets très pâles disait les choses passées, ces visites qu'elle finissait par mêler et confondre les unes les autres, au point que parfois elles lui paraissaient ne constituer qu'une même unique rencontre, une seule et même invariable visite où, de plus en plus maigre et fatiguée dans ses vieilles robes, ses vieux manteaux, les jours de beau temps elle attendait sur la chaise qu'elle tirait au bas du perron, et quand il arrivait c'est là qu'il la trouvait, plus tard il raconterait, toute étrécie et fanée et croisant les mains sur les genoux, le regard si vague et amer qu'il semblait ne plus rien voir ni personne, pas même lui certains jours, et bientôt partaient-ils se promener comme ils en avaient l'habitude, et quand ils avaient fini d'aller et venir sur les allées, ou quand le vent là-haut était trop fort, ils regagnaient la chambre, le petit lit où s'asseyant l'un près de l'autre ils regardaient les photographies et parlaient d'autrefois, on pouvait se les figurer tous deux en train de regarder les photographies, et le moment venait où ils n'avaient plus de photographies à regarder ni rien à dire, ils se taisaient et regardaient par la fenêtre le jour tomber et le ciel s'assombrir, alors il parlait à nouveau et disait que c'était l'heure de s'en aller, le moment venait où il disait qu'à présent il lui fallait partir car il se faisait tard, et la route était longue.

Une seule et même visite, où de sa voix grave et forte il racontait qu'il était venu par la rive droite du Rhône, le long de la sinistre Ardèche, ou par le Vercors et les gorges de l'Aygues, ou bien, qu'arrivant d'Italie, la veille encore il nageait dans la mer à Nice, il parlait de Rome d'où il venait et de la splendeur des palais de Gênes, il parlait de Rio de Janeiro, de Bruxelles et de Copenhague, il parlait des pays, des villes d'où il venait, et plus tard repartait pour ces bouts du monde, Washington, la Caraïbe, le Japon où on le nommait ambassadeur, et bientôt la terre tremblait et les gens mouraient par centaines sous les décombres, il était toujours dans des trains, sur des bateaux, il parlait de villes et de pays étrangers, des fleuves de Chine, vastes et limoneux qu'il descendait sur les bateaux, des tombes que là-bas on taillait au flanc des montagnes, il parlait de bateaux et de voyages, et en 1925 de son retour par Singapour et la mer d'Arabie, par l'océan Indien où sur le pont du navire il se souvenait encore, il se souvenait toujours, de la splendide, païenne créature rencontrée là trente ans plus tôt avec, écrivait-il, ses grands cheveux blonds envolés dans le clair de lune, il parlait cette année-là de choses sans fin ni commencement, et quand il se rendait à Montdevergues de maison exquise à Aix sous les tilleuls, et de l'auberge où il déjeunait de truites, de lapin et d'un vin du pays, et puis dans Arles ce jour-là, d'enfants tout nus et qui jouaient au taureau. De la pauvre robe envoyée par la mère la dernière année de guerre et qu'elle portait encore, elle Camille, cet été 1927 quand il venait avec ses fils, et du triste chapeau de paille perché sur le crâne. Il parlait de prairies dans le grand soleil, de l'odeur des pins et des lavandes tout le long de la route, et d'elle qui, plus tard encore, une autre année, lui offrait un chapelet de graines grises, et sifflait à son oreille des choses qu'il ne comprenait pas.

Une seule et même visite qu'il lui faisait, une seule même durable fois, où il disait que là-bas dans le Sud où elle vivait encore il allait rendre visite à sa pauvre sœur malade, à Montdevergues, où durant tout ce temps, ces années interminables, il se rendait sitôt qu'il pouvait, et il arrivait sous un grand ciel bleu et ces chaleurs qu'il y avait sitôt le matin, et parfois disait-il c'était une pluie battante. Une seule et même visite qu'il lui aurait faite, et que trente années durant elle aurait attendue, sur ce banc devant la chapelle, ou la chaise qu'elle tirait sur l'herbe au bas du perron, lui Paul avec ses chapeaux et ses manteaux, ses costumes élégants et coupés dans de si belles étoffes, ses costumes de consul, ses costumes d'ambassadeur, et sur tout le visage quand il la regardait cette amertume, cette pitié dont il disait qu'il souffrait ; il lui parlait encore, il donnait des nouvelles de Villeneuve, de ses enfants à lui qui grandissaient et se mariaient, ses filles si belles aux si beaux yeux qui parfois, leur mère restant en France, l'accompagnaient dans ses ambassades du bout du monde, elle le regardait, elle observait comme le visage s'élargissait, prenant de la chair et du menton, tandis que les paupières pesaient davantage sur les yeux, sur le regard qui s'étrécissait derrière les petites lunettes rondes, elle voyait qu'il avait perdu cette beauté qu'il avait, cette sauvagerie sur tout le visage, y gagnant une sorte de bonhomie, de tranquille assurance, elle regardait le visage qui n'était plus le même, l'homme lourd et solide qui disait encore le monde en si belles phrases, parfois encore quand elle le demandait il lui portait un livre qu'il venait d'écrire, elle le lisait et disait combien elle en était émue et s'apaisait à le lire, à tant le retrouver dans ces phrases qu'il faisait où encore elle pouvait le reconnaître, elle le reconnaissait, ne connaissait que lui, Paul, le maître de si belles phrases, de si beaux, si magnifiques emportements.

Et c'était comme si, racontaient-ils là-bas, elle s'était toujours tenue là, immobile, lasse et revenue de tout, et n'ayant plus rien à perdre, pas même sa colère, des après-midi entières sur cette chaise où elle finissait par s'endormir, la tête renversée, coulée sur la poitrine, et parfois se redressant d'un sursaut elle retombait, glissant à nouveau dans la sorte de torpeur qui la prenait, plus tard elle parlait de sommeils et d'hébétudes, et de ces rêves qu'elle faisait, durant qu'elle dormait elle disait qu'elle les voyait encore, les pensionnaires et tous ceux de là-bas, elle les voyait comme si plus rien ni personne d'autre n'existait à quoi désormais elle pût penser ou rêver, si bien qu'on pouvait l'apercevoir dans l'entrebâillement de la porte de la chambre ou encore dans l'un des couloirs du bas, la tête affaissée sur la poitrine et la bouche entr'ouverte, sur cette chaise où elle restait jusqu'à tant qu'on vînt la chercher et qu'on lui dît que c'était l'heure du dîner, au fond de ce réfectoire où elles s'asseyaient dans le courant d'air à des tables si petites qu'elles ne pouvaient pas même manger les vieux ragoûts qu'on leur servait, ni les fruits, les fromages racornis.

Elle parlait des étés où elle l'attendait, et de l'automne ou de l'hiver qui arrivait, disant que plus rien n'avait d'importance et que c'était son dernier automne, son dernier hiver, elle parlait de ceux qui mouraient avec l'hiver et que le lendemain ils allaient enterrer au village, elle racontait le froid et le ciel très bleu, et comment ces jours-là, prenant un chemin étroit où la carriole peinait à passer, ils arrivaient au petit cimetière où les uns derrière les autres ils marchaient jusqu'à la fosse, la terre qui attendait, toute fraîche creusée, amoncelée en monticules clairs et brillants autour du trou. Ils chantaient et priaient pour ceux qu'on ensevelissait dans le bruit sourd des pelletées, et quand tout était fini c'était le trou qu'on recouvrait et la petite croix qu'on plantait sur la tombe où au couteau on avait gravé un chiffre et un numéro, et plus bas les dates et les noms, entre les ifs et les pins et toutes les tombes blanches qu'il y avait, où ils se disaient qu'un jour ils seraient. Et tandis qu'ils revenaient ils parlaient, ils demandaient depuis combien de temps ils étaient là, chacun d'eux dans cette maison de Montdevergues, ils parlaient d'eux et des maladies dont ils souffraient, tandis qu'ils remontaient les allées et disaient qu'ils pouvaient mourir ici, à la maison de fous, et que ce serait leur dernière maison, ils se regardaient et se demandaient qui seraient les prochains qu'ils iraient enterrer au petit cimetière, et sitôt franchie la grille ils regagnaient les chambres ou les ateliers, et parfois c'était l'heure de dîner, on les emmenait aux réfectoires.

2

La robe bleue

Alors se dit-on, ce devait être cet été-là, quand une dernière fois il venait la trouver ; quand pour elle, ce mois d'août très chaud, il faisait une nouvelle fois le voyage.

On se dit que, d'une de ces quelques et redoutables intuitions qu'ils avaient l'un de l'autre, comprenant que ce jour-là, ce jour de l'été 1936 où ils se rencontraient, serait le dernier, elle avait parlé ; comprenant qu'elle ne le reverrait pas, si ce n'est une fois encore, la dernière de toutes à quoi ils devaient bien penser l'un et l'autre, à quoi dans ces moments-là chacun ne fait que penser, elle avait dit ce qu'elle avait à dire, sans détour et sans feinte, avec cette assurance, cet air de savoir par quoi autrefois elle régnait.

Comme elle, on comprend ce qu'il y a à comprendre de ce jour-là. À peine faut-il chercher. Pas plus qu'elle on ne cherche ou on n'imagine, on sait, on la rejoint dans le grand désert, l'incomparable, inordinaire solitude. On comprend l'idée qui lui vient ; ce que là, dans la longue, accablante suite de jours toujours les mêmes, elle en vient à penser ; et peut-être se dit-on, pas même à penser ; à voir, à contempler simplement, assistant là, muette et éblouie, à la naissance de l'idée, à la sorte d'image qui naît sous la paupière refermée – oui les yeux, les paupières se ferment, cela aussi on le sait, que les yeux, les paupières, ce temps-là, le temps qu'il faut, se sont fermés, car il s'agit d'oublier ce qu'il y a à oublier, les folles dans les couloirs et les salles à manger qui crient si fort et depuis si longtemps, l'incomparable, inordinaire solitude, et jusqu'à l'oubli même qu'on fait d'elle, oubliant ce qu'il y a à oublier elle ne voit plus que cela, le rêve, ce qu'on peut appeler le rêve, c'est-à-dire ce qui d'un grand coup d'aile, sur la soie des paupières, se lève et se déploie, haut et chatoyant comme une flambée d'étoiles, et que rien ne dissuade, le rêve est là comme il y a longtemps qu'il ne l'a pas été et après, on le sait, il n'y en aura plus d'autre, puissant et sans ombre, et redoutable tout autant, comme sont redoutables l'amour et la ferveur, le désir qui broie et qui affole. Le rêve qu'elle rêve en pensant à ce qui vient, ne peut que venir, d'une grande, inouïe et riche envolée, comme une voile claquant dans le vent neuf.

Car il y eut ce jour, et il n'aurait pu en être autrement, où il l'emmena voir la mer ; où, depuis le matin, installée sur sa chaise en haut du sentier, sans bouger ni rien dire, elle a attendu qu'il arrive, prête depuis on ne sait combien de temps, on ne sait combien d'années, de matins, de soirs, de nuits interminables, prête à être emmenée par lui là où elle ne pouvait que retourner. Ce voyage qu'une dernière fois ils s'apprêtaient à faire elle et lui, et dont il ne dira pour ainsi dire rien, si ce n'est dans le journal à la date du 5 août 1936 qu'avec Roger, son beau-fils, qui conduisait l'automobile, il se rendait à Montdevergues ; depuis Brangues où il résidait à présent la plupart du temps, et bien qu'il ait cette saison-là souffert d'éprouvantes fatigues, cela on le sait aussi, il faisait avec la Packard, accompagné du mari de sa fille, le voyage pour la voir. Il n'en dit pas plus cette fois, et ne parle ni d'elle qu'il retrouve, ni de la mer, plus loin, où il l'emmène.

De ce jour-là il ne dit rien que ce qu'au 5 août, veille de ses soixante-huit ans écrit-il, on lit dans le journal, ce ne sera pas la première fois qu'il tait, qu'il garde pour lui ce qu'il pense. Il ne dit rien d'autre, mais il ne peut que l'emmener, je vois, moi, qu'il l'emmène ; elle en éprouve trop l'envie, elle y pense trop et depuis trop longtemps, ils vont à la mer à quoi elle pense depuis si longtemps et qu'elle veut revoir, elle dit que le temps passe, et qu'on ignore ce que seront les jours qui viennent, que ce devrait être là, maintenant, qu'ils y vont, dans cet été si beau, si radieux, elle ne pouvait voir un tel été sans penser à la mer où autrefois elle allait, où elle avait de si grands, de si beaux souvenirs.

Elle dit, elle écrit cela dans une lettre qu'elle fait ; un soir, un matin, n'y tenant plus elle fait cette lettre, elle écrit qu'ils pourraient, elle et lui, aller avec l'automobile jusqu'à la mer, jusqu'aux Saintes-Maries qu'il y avait tout en bas dans le Sud, après la Camargue et les grands étangs. Ce serait l'affaire de quelques heures, suppose-t-elle, pas davantage sans doute, avec l'automobile les distances n'étaient plus les mêmes, ni les routes. Elle écrit cela, qu'ils pourraient comme autrefois se rendre à la mer. Ensemble ils pourraient une fois encore, par une chaude, radieuse journée d'été, marcher l'un près de l'autre sur une jetée, le sable d'une grève, ils pourraient, tandis qu'ils marchaient, respirer le vent qui venait du large, entendre les grands oiseaux de mer.

Elle fait cette lettre où elle lui parle de la mer qu'elle voudrait revoir. Ou bien encore dit-elle cela le jour même, le jour qu'il arrive, sitôt que depuis sa chaise, ce matin-là, elle le voit paraître avec sa canne et son chapeau entre les cyprès du haut du sentier. Peut-être bien que ce jour-là, le jour qu'il arrive, se levant et venant vers lui dans la hâte et la précipitation des grands jours, des jours de fièvre, s'empresse-t-elle de le dire ; avant même de le saluer, avant même de l'embrasser, là devant lui dans la robe et le manteau qu'elle a déjà revêtu, et comme on dit les grandes choses, les choses graves et sans quoi rien ne peut être pareil, elle dit cette idée qu'elle a à présent, qu'elle aimerait aller à la mer avec lui.

On ne sait si elle dit cela le jour même ou si c'est une lettre qu'un peu plus tôt elle lui a faite, cette lettre-là comme d'autres, détruites ou simplement perdues, on ne l'aurait pas retrouvée. On ne sait ni quand ni comment elle fait cette demande, tout ce qu'on se dit c'est qu'elle et lui, ce jour-là, ce 5 août 1936 où tôt le matin il arrive, ils partent avec l'automobile, la longue rutilante Packard noire, et vont jusqu'à la mer.

Ce doit être onze heures ou midi, il aurait quitté Brangues tôt le matin, ou plus probablement aurait-il dormi, comme parfois, dans les environs de Montdevergues, il a par là des amis, de vieilles relations. La matinée s'achève. Le matin d'une belle et claire, radieuse journée d'été, et si chaude, dit-elle, que tout à l'heure il faudra retirer le manteau, tout à l'heure quand ils seront là-bas elle se défera du manteau. Mais pour l'instant elle se tient là près de lui sur la banquette, dans le manteau et la robe de petite laine, un gris, un brun on ne peut savoir, cette indéfinissable couleur des habits qu'elle porte et depuis si longtemps, traversé de raies pâles, d'étroites et longues lignes de mauve ou d'ocre brun, c'est ce qu'on peut penser, on connaît ces étoffes-là, ces étoffes de vieille, pâles et si fanées qu'elles y prennent de la douceur. Elle se tient là près de lui, dans le manteau, la robe qu'on entrevoit, sans doute la robe de laine, de flanelle rayée, qu'elle réserve aux jours de visites, et dans laquelle, avec le chapeau de paille et les mains dans le creux de l'étoffe, elle pose quelques années plus tôt pour la photographie qu'on sait, quand, de passage sur la Riviera, Jessie Lipscomb fait le détour pour la voir.

Ce jour où ils vont à la mer. Où, par la Camargue et les grands étangs, il l'emmène aux Saintes-Maries, et le temps que ça dure – la matinée qui bientôt s'achève, et le repas qu'un peu après ils prennent sous les platanes d'une auberge – tout le temps qu'ils se rendent là-bas ils voient près des villages les petits chevaux blancs, les longues folles crinières qui dansent dans le vent, et les têtes si fines observaient-ils, si délicates, qu'à les voir on pense aux chevaux de Saint-Marc, ils parlent des chevaux qu'il y a à Venise sur les hauts de Saint-Marc, et des grands, beaux étangs qu'ils voient briller dans le soleil, et quand ils arrivent l'après-midi commence, la chaleur sur la rive et jusqu'au bord de l'eau où l'un près de l'autre, une nouvelle fois, ils marchent.

Ils marchent, ils commencent à marcher, dans la lumière du jour d'été, dans la chaleur blanche, éblouissante, et bientôt devant lui qui la regarde, là devant lui sur le sable elle dit qu'il fait si beau, si chaud qu'il lui faut retirer le manteau, oui c'est là quand, à cause de la chaleur si grande, elle commence à retirer le manteau ; quand lui tendant le sac qu'elle porte au poignet elle se défait du manteau, et que d'un coup, d'un seul même et long regard, sans qu'il s'y attende et sans qu'il comprenne, elle laisse apparaître la robe.

Car ce ne serait pas cette robe qu'on a dite, et qu'on voit sur les photographies, la robe triste et morne qu'elle revêt les jours qu'elle veut paraître bien mise, ce ne serait pas cette robe-là de vieille proprette et bien mise avec ses rayures pâles dans le sombre de l'étoffe, ce serait une autre, et qu'il ne lui aurait jamais vue, bleue comme ses yeux, bleue comme la mer où ils sont ce jour-là, une robe longue et bleue, et si longue si bleue, si légère dans le vent, qu'elle lui paraît d'un autre temps, une robe comme autrefois lui semble-t-il, et d'un coton, d'une toile qui dit le radieux du jour d'été, le bonheur, la joie qui l'accompagnent, une étoffe qui se lève dans le vent, légère bat les chevilles, et parfois d'un grand mouvement vole autour d'elle. Un calicot, une étamine bleue. Une toile douce où passe l'air, la brise du bord de l'eau.

Elle sourit, elle dit qu'à présent elle a une nouvelle robe, qu'elle ne pouvait venir à la mer avec ces pauvres robes qu'elle avait. La robe est longue comme celles dont elle doit se souvenir, comme celles qu'autrefois, il y a longtemps, elle portait, et une ceinture la retient à la taille, faisant des sortes de plis que, d'un ongle passé tout du long, cassant l'étoffe, elle aurait soulignés, avec aux poignets, au col qui descend sur la poitrine, une sorte de mousseline, de gaze légère ; la robe ressemble aux robes d'autrefois, c'est ce qu'on se dit, on se dit qu'avec tout le temps qui a passé depuis qu'elle est là-bas dans sa maison de fous, elle n'a jamais vu d'autres robes, elle ne s'est souvenue ces jours-là où elle a demandé qu'on la lui taille, que de longues, amples jupes qui battent la cheville et se lèvent doucement dans le vent.

Puisque cela aussi elle l'a demandé, qu'on lui fît cette robe-là. Une robe de toile fine, une étamine, un calicot bleu qu'on pourrait lui trouver au marché le samedi, avec ce qu'il fallait de piqué ou d'organdi, de mousseline blanche pour parer le col et les poignets, presque rien a-t-elle dit, une étoffe d'été comme s'en trouvaient à l'étal des colporteurs, et que pour quelques sous, une femme de là-bas, une servante, aura en peu de temps taillée et cousue pour elle.

Elle veut la robe, comme très fort, elle veut la mer, et qu'il l'y accompagne. Dans ces jours-là elle pense à la fin des choses, à ce qui s'en va et ne revient plus ; ce qui s'éprouve, mêlé de peur et de soumission, de dernière grandeur ; d'attente immobile comme attendent immobiles et sans souffle, pétries d'inquiétude, les bêtes dans le danger. Elle pense à chaque dernier jour, à Wimereux et à Sainte-Marine ; à la grande, vieille Folie du quartier d'Italie, et aux matins de mars, tièdes et gris comme il y en a lorsque le vent tombe, avec dans l'air une sorte de trêve, d'insupportable douceur. À la maison de Villeneuve qu'un jour, sans le savoir, elle voit pour la dernière fois, et d'où elle part sans se le dire, ni même se retourner. Elle pense à ce qui finit, à ce qui s'achève pour toujours, et que cela, la fin des choses, les jours qui sont les derniers, s'imaginaient et s'ordonnaient peut-être, autant que s'ordonnaient, s'imaginaient afin qu'on ne pût les oublier, les fêtes et les réjouissances, jusqu'aux dernières de toutes, dans leurs jonchées de fleurs et les odeurs lourdes autour des tombes. Si bien qu'elle aurait pensé à ce voyage-là, à cette image qu'il garderait – ensuite, elle le sait, elle le pressent, il n'y en aurait plus d'autre, il n'y aurait plus d'elle d'autre image qu'il pût garder, si ce n'est donc plus tard encore, un jour qu'elle ignore mais qui ne saurait tarder, dans la chambre avec les grands oreillers blancs sur quoi les yeux fermés, pâle et transpirante et si lointaine, il comprendra qu'elle repose. Elle aurait pensé à la mer où ils iraient ensemble, elle et lui marchant sur une plage, une grève, là même où, près de l'eau, le sable se mouille d'écumes et de moiteurs, lui, comme souvent les jours de chaleur, dans un de ces costumes de lin clair dont il avait pris l'habitude en Asie, et elle avec la robe longue, si légère, si bleue dans le vent d'été, allant l'un près de l'autre comme vont l'un près de l'autre sur une plage, sur une grève, ceux qui aiment être ensemble, avec tous les bonheurs qu'on leur imagine d'avant et d'après, les fastes, les douces complicités qui font qu'ils sont là, ne peuvent un jour qu'être là une fois encore.

Une robe comme autrefois, se souvient-elle, elle n'en connaît pas d'autres, elle ne se souvient ces jours-là que de longues vastes jupes battant la cheville et que le vent roulait autour d'elle, bleue comme ses yeux, comme la mer où ils vont ; elle ne s'est souvenue que de tracer une ligne que rien ni personne ne pourrait interrompre entre ce jour-là qu'ils allaient aux Saintes-Maries et les autres, les derniers qu'elle se rappelle, à Wight et à Guernesey, dans les îles où ils aimaient se rendre. Elle a oublié qu'avec le temps qui a passé plus rien n'était pareil, elle ne l'a pas su, ou plutôt, me semble-t-il, elle n'a pas voulu le savoir ; le temps ces jours-là n'existe pas, ne peut exister de cette façon qu'il avait jusqu'alors d'exister, elle est là devant lui au moment où elle retire le manteau, dans la robe couleur de mer, couleur d'été, que le vent soulève doucement, et il la regarde comme il ne se souvient pas l'avoir regardée depuis longtemps, alors ils recommencent à marcher, à aller l'un près de l'autre sur le sable, ils vont sur le sable et reviennent, longuement, lentement, ils marchent l'un près de l'autre. Il se souviendra qu'elle marche là près de lui le long de la mer, lente et mesurée, et prudente de toutes les prudences, dans cette robe que le vent, la brise, soulèvent doucement, et parfois à marcher ainsi sur le sable du bord de l'eau s'alourdit-elle, prend-elle dans ses plis une teinte plus sombre et plus sourde, elle marche dans la longue robe bleue que le sable mouille, et parle du sable et du petit vent qui vient du large, de la lumière sur l'eau, de cette voix rauque et saccadée qu'elle a à présent, où l'on pourrait soupçonner une blessure, une écorchure, et si anciennes qu'elle-même sans doute n'aurait rien su en dire, ni ce qu'elles étaient ni quand ou comment elles étaient apparues, de cette voix qu'elle a à présent elle parle de la lumière qu'il y a autour d'eux, elle dit que tout est, tout n'a jamais été que lumière.

Je la vois marcher près de lui, doucement avancer, dans le pli large des jupes que la brise, le petit vent soulève, elle marche près de lui, parlant puis se taisant et plus tard sans doute parlant à nouveau ; comme autrefois – n'est-ce pas à quoi il pense lui aussi ? – aux îles où ils allaient ensemble, ou bien l'une des petites villégiatures de l'océan ou de la Manche quand deux ou trois fois encore, les dernières, elle partait avec lui, ce moment se souvenait-il où à peine arrivés elle l'emmenait voir la mer dans ses gris ou ses bleus, et parfois bouillonnante de tous ses fonds était-elle brune comme les algues et le sable qu'elle brassait haut et fort dans ses vagues, il se souvenait qu'elle ouvrait tout grands les bras et courait sur la grève dans ses robes de toile claire, ses longues jupes, et soudain le vent défaisait les cheveux, d'un coup, à force qu'elle coure, la coiffure, les cheveux se défaisaient sur l'épaule, sur le dos où ils se répandaient et volaient dans le vent ; et bientôt elle s'arrêtait et fermait les yeux, disait qu'elle écoutait, elle écoutait disait-elle, et n'avait plus envie que de fermer encore les yeux et de s'étendre, rester là couchée dans la robe sur le sable, il se souvenait des longues robes, des grands beaux cheveux dans le vent de la mer, et du bonheur de ces années-là. Comme rieuse et confiante elle attendait la vie. Elle courait ivre de mer et de vent, puis ils marchaient l'un près de l'autre dans le bleu de l'été, tandis qu'il parlait des projets qu'il avait, il s'en irait et parcourrait le monde et quand il reviendrait il raconterait combien ce qu'il avait vu était beau, inoubliablement beau, si bien qu'il repartirait, il passerait sa vie à partir, il parlait des pays où il partirait, et quand on en revenait, disait-il, on n'était plus le même, on ne l'était jamais plus.

Et maintenant une fois encore ils étaient là elle et lui. Ils disaient qu'ils étaient là ensemble près de la mer, et combien ils appréciaient de l'être, avançant sur le sable où ils peinaient à marcher, allant tous les deux de ce pas qu'ils avaient à présent, et s'arrêtant pour reprendre le souffle qui manquait, et parfois d'une main retenaient-ils leurs chapeaux afin qu'ils ne roulent au bord de l'eau, ils parlaient du petit vent et du temps qu'il faisait ce jour-là, du ciel brillant et chaud, la douceur que c'était d'être ensemble auprès de la mer, et combien cela pouvait apaiser, ce bruit qui revenait, tranquille et serein, interminable. Elle n'avait plus envie, dit-elle, que de fermer les yeux, rester là sur le sable dans ses étoffes mouillées à écouter comme autrefois le bruit de la mer. À écouter et se taire près de lui, il y avait les choses qui se disaient et celles qui ne se disaient pas, et pour se taire ils savaient ce que c'était, ils avaient toujours su et n'avaient jamais eu besoin de mots, quand alors, pareille à lui, – s'en souvenait-elle ? – parlant d'amour c'est de mort qu'elle parlait, disant de ces deux-là qu'elle figurait dans l'argile, le plâtre et le bronze, l'homme et la femme arrêtés, immobiles dans leur danse d'amour, dans le temps qui ne bougeait plus, disant qu'elle ne pouvait parler de cela, l'amour, qu'à la façon dont elle eût parlé de mort, d'ombre profonde, tandis que cet instant qu'elle figurait déjà n'était plus, ils étaient là tous les deux dans ce moment d'infini vertige, d'infini suspens, hors du monde, hors du temps, elle figurait cela qui ne reviendrait pas, ne pourrait revenir, comment ne pas le voir, et qui mieux que lui pouvait comprendre ?, quand bientôt à son tour il dirait qu'avec cette femme rencontrée sur le bateau, cette femme qu'il avait aimée, il avait connu la mort qu'il lui fallait, l'amour il n'en parlerait jamais autrement, ni des passions folles qui vous prenaient et vous tenaient à merci, toutes ces femmes qui cessant d'être honorables s'élançaient disait-il vers le mal avec un pied boiteux, quand certains jours il en venait à penser qu'il aurait pu, pareil à elle, pauvre et pauvre folle, être séquestré, être enfermé dans l'une ou l'autre de ces maisons d'aliénés, lui Paul le consul, le consul général, l'ambassadeur, et aussi dit-on le ministre, pour ses violences et ses excès, cette folie que certaines nuits de désespoir il sentait, comme dans la steppe ou le désert les hordes sauvages, rôder autour de lui. Et alors se gardant de tout cela qui ne portait que désarroi et perdition il se mariait, et faisait les enfants qu'il fallait, et c'était encore, qui ne le voyait, renoncer et fuir tout ce qu'il avait à fuir de naufrage et d'abîme. C'était, dans des sévérités plus douces que le scapulaire et le cilice, tracer droit le chemin et n'en plus s'écarter.

De ce jour-là probablement il y aurait cette photographie où ils avancent l'un près de l'autre. Où dans le vent de la mer on les voit tous deux marcher en silence, elle dans cette belle, longue, robe d'été et lui dans le costume de lin clair avec la canne et le chapeau qu'il tient à la main, on voit la chemise blanche dont il a retiré le col et défait les premiers boutons, les petites lunettes rondes et cerclées de sombre, de l'écaille sans doute. Ils sont là sur cette photographie, où l'on ne voit pas que la robe est bleue, pas plus qu'on ne voit qu'est bleue la mer ou ce regard profond qu'elle a encore, avec lequel, fière et craintive, elle regarde l'objectif. La lumière dans le ciel est plus sourde, doucement elle s'éteint, elle nimbe les visages d'une paix, d'une douceur rares, l'après-midi sans doute touche à sa fin.

Ils s'arrêtent un instant pour la photographie, et restent là encore un peu, se faisant face dans la lumière brillante, éblouissante, on voit les yeux, les paupières ciller, se clore légèrement tandis que la bouche, les lèvres s'entrouvrent, se redressent aux commissures d'une infime, imperceptible contraction. Elle disait combien la mer était douce, elle disait qu'autrefois elle restait la nuit à dormir sur des plages, dans des cabines, des tentes de toile, elle parlait de la mer près de laquelle autrefois elle aimait dormir, longtemps dit-elle elle avait pensé qu'elle aimerait que tout s'achevât ainsi, qu'elle s'allonge au bord de l'eau et attende que la vague la prenne tandis qu'elle dormait, déjà elle dormirait, elle ne songerait qu'à dormir. Elle dit que ce serait un sommeil très doux, un moment de grande douceur. Que des vieux comme elle ça ne pouvait être qu'emportés par la vague, par la mer. Il pourrait, s'il voulait, s'en aller, revenir chez lui avec l'automobile et la laisser là, près de la mer où elle s'endormirait, il en serait ainsi, elle dormirait en écoutant la vague aller et venir, ce bercement à quoi elle ne cessait de penser, là dans sa robe bleue et le manteau qu'elle avait pris soin d'emporter, de sorte qu'elle ne souffrirait pas de la fraîcheur de la nuit, et s'endormirait dans le bruit très doux. Elle dormirait, s'il voulait bien, de ce sommeil-là qu'elle disait, elle disait les sommeils, et aussi qu'à présent elle était fatiguée, ça faisait du temps qu'elle était fatiguée, qu'il n'y avait peut-être d'autres fatigues que celles-là qu'avec le temps, les années, on finissait par éprouver ; oui elle aurait aimé qu'il la laisse là à se reposer, il pourrait, comme souvent il faisait, trouver dans Arles ou dans Avignon un hôtel où passer la nuit, il serait là tout près, ce serait bon de se dire qu'il était là si près d'elle.

Ce qu'il répond, on l'ignore, c'est-à-dire qu'on n'éprouve aucunement le besoin de le savoir ; pour l'heure, comme elle, nous ne l'entendons pas. Pour un temps encore nous ignorons l'ordinaire, et qui rassure, les mots qui dans ces moments-là se disent et restaurent de nécessaires, bienfaisantes convenances. Des mots de paix, à tout le moins d'apaisement. On entend qu'à un moment il parle de l'orage qui vient, du côté du sud il montre au loin sur la mer des lueurs pâles, intermittentes qui viennent vers eux, et qu'il est l'heure de rentrer, il dit cela, qu'il est temps de rentrer, et bientôt doucement la pluie se fait, à petites gouttes tièdes au bord de l'eau ils voient que la pluie marque, façonne d'innombrables, minuscules ravines où le sable s'engouffre.

Ils marchent jusqu'à la voiture, plus haut sur la petite place, elle se retourne, une dernière fois elle regarde la mer, puis sans rien dire elle monte dans la voiture où elle s'installe sur la banquette arrière, rassemblant autour des chevilles l'étoffe qui traînait par terre et qu'il ramasse quand il referme sur elle la portière, elle se cale dans le fond de la voiture sans plus bouger ni rien dire, elle ne dit plus rien de tout le retour, il n'entend plus le son de sa voix.

Ni l'un ni l'autre ne savent le temps que dure le retour, la route passant entre les étangs, les grands oiseaux, et aux abords des villages les chevaux blancs derrière les clôtures ; ni l'heure qu'il est quand ils arrivent, quand laissant la voiture en bas il passe aux bureaux puis l'accompagne jusqu'au pavillon.

Alors quand bientôt il s'en va, quand, un peu avant l'heure du dîner, il la laisse en haut du sentier où elle revient pour le voir partir, il la serre longtemps dans ses bras ; elle ne pleure pas, elle ne bouge ni ne parle, et se tient là immobile devant lui qu'elle regarde de ses yeux très bleus, mais doucement, comme si elle pleurait, comme si à présent il avait à la consoler d'une peine, d'un geste doux il tapote l'épaule. Elle se souvient de sa main sur l'épaule et qu'il la prend dans ses bras, qu'avant de se séparer il l'aura prise longtemps dans ses bras, sa joue à elle contre la sienne, et le cou, la nuque doucement inclinés, ployés d'on ne sait quel abandon, quel dernier consentement, et alors elle ne sait combien cela dure, elle ne l'a jamais su, ce moment-là sans commencement ni fin où elle aura tout oublié de ce qu'il y avait à oublier, elle aura oublié les jours, les années qu'elle ne l'a pas vu, elles ne forment plus qu'une seule et même journée, un point infime de l'espace et du temps où très loin d'elle se seraient rassemblés l'attente et le désarroi, les chagrins, et tout le reste n'est que cette douceur soudaine, cette grande et douce, interminable rencontre où ils parlent et disent jusqu'à la dernière les choses qu'ils ont à se dire, et ils n'en oublient, ils ne peuvent en oublier aucune, quand ils se sépareront ils auront dit tout de ce qu'ils avaient à dire et depuis si longtemps.

De la robe on ne sait si elle resta suspendue dans l'armoire où de temps à autre elle venait la contempler sur son cintre, avec au bas de l'ourlet les restes de sable humide, de petites herbes de mer, et la sorte de ligne plus foncée par où se marquait l'étoffe mouillée que la vague avait imprégnée de sel ; ou si certains jours elle eut à s'en vêtir. Peut-être put-on apercevoir sur les allées de Montdevergues la petite silhouette bleue, de plus en plus lente de plus en plus lasse, mais à ce qu'on dit bientôt elle n'apparaissait plus ni sur les allées ni sur les sentiers, ou même sur la chaise devant le perron ; quand ils venaient la chercher ils la trouvaient dormant dans le fauteuil de la chambre, ou encore se tenait-elle debout contre la fenêtre que son haleine peu à peu embuait, écoutant le vent qui prenait par rafales dans les arbres du haut, battant les murs et les fenêtres, le toit où faisant trembler les gouttières il emplissait l'air d'un grincement métallique, debout sans bouger contre les carreaux, tout entière semble-t-il occupée à vivre, c'est-à-dire à guetter le souffle, le bruit que faisait la respiration et qui l'assurait peut-être que le cœur, le sang battaient encore, tout entière occupée à vivre, allant chercher très loin, le plus loin qu'elle pouvait, à des distances infinies, l'air dont elle avait besoin pour durer encore un peu et, dans des profondeurs insoupçonnées, le courage ou la simple endurance, entre ventre et poitrine l'abîme immense et douloureux où peut-être encore se nouait et se dénouait, et bientôt s'enfouissait pour ne plus resurgir, un dernier espoir, une dernière folle idée.

Rien ne dit la peur ou la tristesse, ni la violence d'un désespoir. Il se peut qu'elle ne fît rien chaque fois qu'attendre le soir et la nuit, peut-être que là, dans l'étroite chambre, elle ne fit durant les sept autres années qu'aller et venir de la fenêtre au fauteuil et du fauteuil à la fenêtre, enveloppée dans les couvertures et les châles qu'elle perdait en chemin, et d'une main se tenant à la table ou au mur et de l'autre maladroite essayant de ramasser l'étoffe tombée sur le sol. De tout ce temps, elle n'eut pas à parler. Durant sept ans ils n'entendirent rien qu'elle dît, rien qui venant d'elle pût faire croire qu'elle éprouvait le besoin de parler moindrement, si ce n'est quand de la fenêtre où parfois encore elle se tenait, elle semblait observer le ciel, ou ce qu'elle en décelait dans le haut des grands arbres, et y chercher trace d'on ne savait quoi.

On sait qu'elle ne le revit pas, si ce n'est ce jour de septembre 1943 où il la trouva, mourante des dernières fatigues, des dernières, inexpugnables idées. C'est pourquoi peut-être, quand il arriva, il dit qu'elle se tourna vers lui et l'appela : il entendit que d'un doux, interminable murmure comme autrefois elle appelait : Mon petit Paul, mon petit Paul.

Chez le même éditeur

Françoise Asso
Déliement
Reprises
Pierre Bergounioux
Le Grand Sylvain
Le Matin des origines
Le Chevron
La Ligne
Simples, magistraux et autres antidotes
Un peu de bleu dans le paysage
Back in the sixties
François Bon
Temps machine
L'Enterrement
C'était toute une vie
Prison
Le Solitaire
Paysage fer
Mécanique
Quatre avec le mort
Joë Bousquet
D'un regard l'autre
Papillon de neige
Les Capitales
Géva Caban
La Mort nue
Esther Cotelle
La Prostitution de Margot
Didier Daeninckx
La Mort en dédicace
Autres lieux
Cannibale
Le Dernier Guérillero
Les Figurants
Main courante
La Repentie
Le Goût de la vérité
Le Retour d'Ataï
Emmanuel Darley
Un gâchis
Un des malheurs
Jérôme d'Astier
Les Jours perdus
Richard Dembo
L'Instinct de l'ange
Michèle Desbordes
L'Habituée
La Demande
Pierre Dumayet
Le Parloir
La Maison vide
La vie est un village
La Nonchalance
Brossard et moi
Eugène Durif
Une manière noire
Alain Fleischer
Mummy, mummies
Pris au mot
Quelques obscurcissements
Grands hommes dans un parc
Christian Garcin
Labyrinthes et Cie
Armand Gatti
La Parole errante
Œuvres théâtrales
La Part en trop
L'Enfant-rat
Notre tranchée de chaque jour
Gatti à Marseille
Les Analogues du réel
Le Monde concave
Opéra avec titre long
Michaël Gluck
Partition blanche
Sylvie Gracia
L'Ongle rose
Gil Jouanard
Le jour et l'heure
C'est la vie
Le Goût des choses
Plutôt que d'en pleurer
D'après Follain
Mémoire de l'instant
Bonjour, monsieur Chardin !
L'Envergure du monde
Raymond Lepoutre
Ernesto Prim
Alain Lercher
Les Fantômes d'Oradour
Le Dos
Prison du temps
Pierre Marcelle
Contre la télé
Hugo Marsan
Le Corps du soldat
Le Balcon d'Angelo
Jean-Yves Masson
L'Isolement
Natacha Michel
Autobiographie
L'Écrivain pensif
Pierre Michon
Vie de Joseph Roulin
Maîtres et Serviteurs
La Grande Beune
Le Roi du bois
Trois auteurs
Mythologies d'hiver
Abbés
Corps du roi
Claude Pérez
Amie la sorcière
Jacques Réda
La Sauvette
Le Lit de la reine
Les Fins Fonds
Olivier Rolin
La Langue
Emmanuelle Rousset
L'Idéal chaviré
Saturnales de Swift
Jean-Jacques Salgon
07 et autres récits
Dominique Sampiero
La Lumière du deuil
Le Dragon et la Ramure
Michel Séonnet
Que dirai-je aux enfants de la nuit ?
La Tour sarrasine
Pierre Silvain
Le Jardin des retours
Bernard Simeone
Acqua fondata
Cavatine
Guy Walter
Un jour en moins

Cet ouvrage a été achevé d'imprimer en janvier 2004
dans les ateliers de Normandie Roto Impression s.a.s.
61250 Lonrai
N° d'imprimeur : 03-3072
Dépôt légal : janvier 2004
Imprimé en France